小学館文庫

# フラダン

古内一絵



小学館

目次

# プロローグ

暑い日だ。

ようやく桜が咲いたばかりだと思っていたのに、四月の校庭には、初夏を思わせる強い日差しが降り注いでいる。

この先、ますます暑くなってくれば、プールを懐かしく思うこともあるのだろうか。そうなったら、公営プールで泳げばいい。なにもそこが、学校のプールである必要も、部活である必要もない。

辻本穣《つじもとゆたか》はそう割り切って、スクールバッグを肩にひっかけると、サッカー部と野球部が二分して使っている広い校庭を歩き始めた。

高校二年になると同時に、穣は帰宅部になった。

退部届を出しても、顧問からも部長からも誰からもとがめられなかった。

当たり前だ。

学校の部活なんて、強要されてやるものじゃない。たまたま泳ぎが得意だったから水泳部に入っただけで、別に将来日本代表とかになりたいわけではない。そりの合わない連中と顔を突き合わせ、四六時中、集団行動を強いられるなんて冗談じゃない。

六月の県大会で三年生が引退すれば、新主将となるのはおそらく松下《まつした》だ。

同じ建築科の工業デザイン専攻で、これまた同じくフリーの短距離を得意としていたせいか、入部した当初から妙にライバル心をちらつかせてくる松下のことが、穰はどうしても好きになれなかった。いくら表向きは礼儀正しいとされていても、先輩にへつらい、陰で初心者にきつく当たる姿は、穰からすればただ単に見苦しい。

あいつが主将になるなら、自分はすっぱり部活をやめる。

一年の終わりにそう決めた。

二年になれば専門科目の実習訓練《インターンシップ》も始まるし、もっと意味のあることに時間を使おう。無駄なことで熱くなるのはまっぴらだ。

部活なんて、さらば、さらば。

足元を見つめて歩いていた穰は、いきなり立ちふさがった影と、正面衝突しそうになった。

「なんだよ、危ねえな……！」

驚いて顔を上げれば、紺色のブレザーの肩に、長い黒髪が揺れる。

この学校での女子生徒の数は、一割に満たない。その貴重な〝女子〟が眼《め》の前に立っていることに気づき、穣はいささか動揺した。

自分のクラスの女子ではない。長い黒髪を肩に垂らした、日に焼けた女子だった。

意志の強そうな大きな瞳が、真っ直ぐ自分に向けられる。

次にその女子が発した言葉に、穣は耳を疑った。

「ねえ、フラ愛好会に入らない？」

# 危ないストーカー

担任の花村《はなむら》の話は長い。

おかげで穣《ゆたか》のクラスのホームルームは、いつもなかなか終わらない。

地元出身でこの学校のOBでもある花村は、いつも暗い色の背広を羽織り、くたびれた表情をしている。

注意とも説教ともつかない長話を聞き流しながら、穣は窓の外に広がる校庭を眺めた。

ホームルームを終えた他のクラスの生徒たちが下校を始め、運動部の生徒たちがトラックを走りだしている。校庭の先の低層の家々の間に、遠く灰色の海がのぞいた。

整備されたばかりの校庭は真新しく、植えられた木々もまだ若く、ひょろひょろしている。

その向こうにある更地は、以前、校舎があったところだ。

震災時、津波は高台のここまでは届かなかったが、地盤が歪《ゆが》み、校舎全体がわずかに傾いたという。老朽化の問題もあり、安全面を考慮し、すぐに建て替えが決定された。

穣が福島県立阿田《あだ》工業高等学校に入学したときには、すでに今の新しい校舎が完成していた。入学の一年前に竣工《しゅんこう》したばかりの新校舎は全棟バリアフリーで、屋上には自家発電のための太陽光パネルが張りめぐらされている。

ここから眺められる居住区にも、板チョコを思わせる黒いパネルを載せた屋根が多い。震災後、新築された家はたいていこの太陽光パネルを取り付けていた。

「……というわけで、今後は一層気を引きしめて、学習に励んでください」

ようやく花村の長い話が終わった。

穣がデスクの上のノートや筆記用具をスクールバッグに突っこんでいると、ふいに背後からポンと肩を叩《たた》かれた。

「今日もきてるよ、カノジョ」

後ろの席の平山《ひらやま》が、やっかみ半分の表情を浮かべている。指差されたほうに視線をやり、穣はげんなりした。

教室の後ろの扉から、あの長い黒髪の女子が大きな瞳を輝かせてこちらを見ている。

「だから、カノジョじゃねえし」

「えー、じゃあなんでここんとこ、いっつもお前を捜しにくんのよ」

「知らねえって」

否定すればするほど、平山は疑わしそうな顔になる。

「ちゃらちゃらしてるよな」

そのとき、前の席から聞こえよがしな声が響いた。

思わず顔を向けると、松下が取り巻きの田中《たなか》らと共に嫌みな笑みを浮かべている。

「部活から逃げたと思ったら、もう女とつるむとか、まじ、ありえねえ」

決して視線を合わせようとせず、松下は声だけを張りあげた。

「あれぇ？　辻本君って、やっぱりチャラ男《お》？」

田中の茶化しに、クラス中に同調の空気が漂う。圧倒的に男子が占める工業高校で、数少ない女子と意味もなく絡むのは、大概よい評判を呼ばない。〝チャラ男〟はこの学校においては、あくまでも蔑称だ。

穣は乱暴にバッグをつかみ、無言で席を立った。

わざと彼女とは反対の前の扉から廊下に出たが、あっという間に追いつかれてしまう。舌打ちして歩調を速めても、黒髪の女子はめげなかった。

「ねえねえ、いっつもそうやって逃げないでよ、辻本君」

意志が強そうだと思ったのは正解だ。これだけ露骨に避けているのに、まったくあきらめる様子がない。

あの日以来、昼休みに、放課後にと、穣はなにかとこの長い黒髪につきまとわれている。

おかげでクラスの中には、穣に彼女ができたと、無責任に騒ぎたてる奴《やつ》まで現れ始めた。

一瞬、男だらけの教室の中で、いつも肩身が狭そうにうつむきながら授業を受けている林《はやし》マヤの横顔が浮かび、穣は思わず足をとめた。

「お、ようやく、話を聞いてくれる気になった？」

期待いっぱいの眼差《まなざ》しを向けられ、鼻白む。

「あのさ、こういうの迷惑なんだけど」

「え、なんで？　私、まだなにもしてないじゃん」

長い黒髪は、心底意外そうな顔をした。

「だから、ちょっと、愛好会をのぞきにきてって言ってるだけでしょう？　いいじゃん、どうせ辻本君、水泳部やめたんだし」

さらりと口にされて絶句する。

「なんでそれを、お前が知ってんだよ」

「わりと有名だよ」

黒髪はどこまでも平然としていた。

そう言えばこの女は、初めて会ったときから穣の名前を知っていた。辻本君、辻本君と連呼され、閉口した。

「お前さぁ……」

いらいらし始めた穣の前で、黒髪の女子は人差し指を立ててみせる。

「澤田《さわだ》だから」

「は？」

「〝お前〟じゃなくて、澤田。電子科の澤田詩織《しおり》」

堂々と名乗られ、結局穣のほうが気圧《けお》された。

駄目だ。言い合いでは、女には勝てない。このままでは、言いくるめられる。

こうなったら――。

「ちょっと！」

突然、階段を飛び降りた穣に、詩織が大声をあげる。

ざまあみろ。さすがに女に五段跳びはできまい。

着地のとき、足裏がジンと痺《しび》れたが、穣はかまわず全速力で廊下を走った。そのまま下駄箱に上履きを投げ入れ、スニーカーの踵《かかと》を踏んで校庭に飛び出す。

さらば、しつこいストーカー女。さらば、部活。

俺は自由だ！

解放感を覚えたのもつかの間。

どこまでも続く野っぱらを自転車でこいでいくうちに、稜はすぐに手持ち無沙汰な気分に襲われた。昨日は海辺で時間をつぶし、その前は当てもなく自転車をこぎまくり、結局隣町の図書館までいったのだ。

東京や筑波《つくば》の有名な工業系大学に入学することを目標にしている進学組は、毎日予備校に通っているらしいが、稜はまだそこまで覚悟を決めていない。進学するにしても、予備校に通うのは三年になってからでいいのではないかと漠然と考えている。

第一、自分が本当に工業デザイナーになりたいのか、またそう思ったところでなれるのかどうかも分からない。工業高校を出ても、まったく関係ない業種についている先輩も多かった。

川沿いに自転車を走らせていると、潮の匂いが漂ってきた。

結局今日も、海にいくことにした。

阿田川沿いに二十分も走れば、海岸にたどり着く。堤防の前に自転車をとめ、稜は砂浜に降りる階段の途中で腰を下ろした。

沖のあちこちに消波《しょうは》ブロックが堆《うずたか》く積まれた小さな入り江が、眼の前に広がっている。

海水浴にも使われる海岸だが、周囲に化学工場の多い阿田の海は、それほど綺麗《きれい》ではない。灰色の海は凪《な》いでいて、それでも寄せては返す波の音が、人気《ひとけ》のない浜に子守歌のように響いていた。

穣自身は直接見ていないが、五年前、この入り江の遥《はる》か向こうの沖から信じられない高さの津波がやってきた。海上の防波堤や海岸沿いの高い堤防を乗り越え、どんどん嵩《かさ》を増して町を呑《の》みこんでいく真っ黒な水の流れの映像は、テレビの中で何度も眼にした。

当時、小学六年生だった穣は、卒業式の予行演習の真っ最中に震災に遭った。

穣の家は内陸で、加えて十階建てマンションの最上階だったため、津波の被害はなかったが、家の中は滅茶苦茶になった。学校に迎えにきてくれた両親と共に家にたどり着いたときには、エレベーターが完全にとまっていて、外付き非常階段を余震に怯《おび》えながら上ったことを鮮明に覚えている。

それでも、津波に襲われた海沿いの地域に比べれば、被害はそれほど大きくはなかった。家族も親戚も友人も、みな無事だった。

海の近くに暮らしている人たちの中には、家が全壊したり、大切な家族を失ったりした人たちも少なくない。

そして――。

穣の眼が、入り江を囲む、山の向こうへむけられる。

絶対に大丈夫、と信じこまされてきたものが全部嘘《うそ》だったことを、痛いほど悟らされた。

小学生だった当時の自分が、どれほどのことを理解できていたのかは分からない。

それでもなにかに痛切に裏切られた感覚は、今も穣の心の奥底でくすぶり続けている。

きっとそれは、ここに暮らす誰もが抱えている思いに違いない。

原発事故が起きてから、福島は特別な場所になってしまった。

瓦礫《がれき》は撤去され、海岸線の修復は終わっても、それだけは元に戻らない。

今でも人が集まるところでは、放射線データを公示したパンフレットが配られる。

データによる安全性を訴えられれば訴えられるほど、自分の住む町が変わってしまったことを感じずにいられない。

今こそ、工業学校の力を結集して復興を……！

ふいに担任の花村が、義務のように棒読みするスローガンを思い出し、穣は苦い笑みを噛《か》み殺す。

復興、復興、復興――。この五年間、何度この言葉を聞かされたことだろう。

もちろんそれが大切なことであることくらい、分かり切ってはいるのだけれど。時折、湧き起こる閉塞感に、押しつぶされそうになる。

吹きつけてくる砂を払い、穣は立ち上がった。

時間があり余っているのも問題だ。つい、憂鬱なことばかり考えてしまう。

娯楽の少ない地方都市で放課後の時間をつぶすのに、部活は便利なツールであったらしい。

でも、もう嫌だね――。

穣は消波ブロックにせき止められ、鏡のように凪いでいる海を見た。

水面下で受けてきた、松下からの数々の嫌がらせ。ずる賢い奴だから、あからさまな真似《まね》はしない。スニーカーの紐《ひも》を切られるとか、タオルを隠されるとか、具体的にはどうしようもない些細《ささい》なことだ。だが、それらひとつひとつが積み重なると、心の奥で重い澱《おり》になる。

なによりも嫌だったのは、いつもは普通に接している部員たちまで、部活での集団行動になると、顧問や先輩受けのいい松下のほうに、当たり前のようになびいていってしまうことだ。

バカバカしいと思いつつ、結局傷ついている自分のことも嫌だった。

だから、もういいんだ。

そう思った瞬間、ふと脳裏を長い黒髪がよぎった。

〝ちょっと、愛好会をのぞきにきてって言ってるだけでしょう? いいじゃん、どうせ辻本君、水泳部やめたんだし〟

澤田詩織と名乗った女子の、強引な口調が耳朶《じだ》を打つ。

しかし、だからといって、よりによって〝フラ愛好会〟に入れとは何事か。フラダンスといったら、女の腰振りダンスではないか。

そんな愛好会が、男だらけの工業高校にあったことすら知らなかった。

だいたい、なぜこの俺が、フラなんぞに興味を示すと思われているのだろう。

〝逆ナンだろ、逆ナン〟

長い黒髪の女子が頻繁にクラスにやってくるようになったとき、後ろの席の平山は吐き捨てるようにそう言った。

〝フラなんて口実だよ、きっと。この時期になるとさ、うちの学校の奥手の理系女子でも、思い出づくりしたいとか思うんじゃねえの。来年は就職か受験だし。いいじゃん、相手してやんなよ。結構可愛《かわい》いじゃん、あの子。まったくあやかりたいくらいだよ〟

平山はいつまでもぶつぶつと呟《つぶや》いていた。

まあ、澤田詩織は黙ってさえいれば、たしかに可愛く見えないこともない。

でも――。

同じクラスの林マヤの、深くうつむいた横顔が浮かぶ。

度の強い眼鏡をかけ、いつも教室の隅で小さくなっているマヤは、建築科唯一の女子にもかかわらず影の薄い存在だ。たまに目立つことがあったとしても、それはたいていマイナスの場合だ。

建築科の実習は力仕事が多く、唯一の女子はどうしても足手まといになることがある。おまけにマヤのどこかびくびくした態度は、往々にして周囲を苛《いら》つかせてしまう。

けれど、時折、マヤは穣にだけ、妙に安堵《あんど》した様子を見せることがある。

あれはいつだったろう。マヤが重たい模型をひとりで必死に運ぼうとしているのを、見かねて手助けしたことがあった。そのとき間近に見たマヤの表情を、穣は今でも忘れていない。

瓶底眼鏡の奥の眼を大きく見開き、見る見るうちに白い頬を真っ赤に染めた。

誰かが恋におちる瞬間を、間近に見せられた気分だった。

もっともこの後、マヤを手助けしたことで、穣は松下らに散々「チャラ男」とはやされ、多大なる迷惑をこうむったわけだが。

それ以降、マヤとは特に交流があるわけではない。

だが、詩織が教室に押しかけてくるようになったとき、穣はなぜかマヤの視線が気になった。

あの子には、誤解されたくないと思った。

「……なんだ、そりゃ」

これじゃあ、恋におちたのは、なんだか自分のほうみたいではないか。

ない、ない。

穣は首を横に振る。林マヤは特別可愛いわけでもないし、どことなくどん臭いし、第一、きちんと話した覚えもない。

女なんて関係ないね。俺は硬派に高校生活を送るんだ。

なにをして――？

心の奥底に小さな疑問が響いたが、穣は聞こえないふりをした。

曇天の下、黒い消波ブロックが積まれた入り江は水たまりのよう。

小さい、小さい。世界は狭い。

それは、たとえどこへいってもきっと同じだ。

大きな災害が起きれば、それまでの常識や安全はいとも簡単にひっくり返り、絶対なんてあっという間にどこかへ消え失せる。なにをどう信じていいのかも分からない。

穣は無意識のうちに、自分の腕を抱いた。

吹きつけてくる海風が、急に冷たくなった気がした。


翌日の放課後。

自転車置き場に近づくにつれ、穣は自分のこめかみの辺りがひくつくのを感じた。

「……マジに、いい加減にしてもらえないかな」

自分の自転車のサドルに勝手に腰を下ろしている詩織を前に、かろうじて冷静な声を出す。

「だから、見るだけ見にきてよ。今年の私の目標は男子なんだから」

「は？」

目標が男子？　やっぱりこれは、逆ナンか。

「俺、そういうつもりないよ」

「辻本君にそのつもりがなくても、私にはあるんだな」

詩織はぴょんとサドルから飛び降りた。

「あのさぁ……」

押しの強さに、穣はほとほとうんざりする。

「悪いけど、他を当たってくれないかな。だいたい、なんでまた、俺なわけ？」

電子科の女子となんて、これまでなんの接点もない。穣は詩織の名前すら知らなかった。

「一体、なにが目当てなんだよ」

「そんなの、体が目当てに決まってるっしょ！」

即座にきっぱりと言い切られ、穣はぽかんと口をあけた。

「私、水泳部時代から、辻本君には眼つけてたんだからね」

悪びれた様子もなく、詩織は指を突きつけてくる。

「細マッチョだし、日に焼けてるし、すごくいい体してるよね」

ぐいぐいと迫られ、穣は完全に返す言葉を失った。

なんという――。

なんという、恥知らずな女か！

「それにさ、辻本君、人前で脱ぐことに、抵抗ないでしょ？」

詩織が口元を引き上げ、にんまりとした笑みを浮かべる。

まずい。

この女、マジでやばすぎる。

穣は無言で詩織をやり過ごし、自転車にまたがると――。

一気に加速し、脱兎《だっと》のごとくその場から逃げだした。

# シンガポールからきた男

その日、朝のホームルームに、担任の花村がひとりの男子を伴って現れた。

見知らぬ男子が穣《ゆたか》たちの前に立ったとき、教室は妙な静けさに包まれた。

「……というわけで、今学期から転入してくることになった柚月《ゆづき》君だ」

父親の仕事の関係で福島へやってくるという事態は今や珍しくもなんともない。震災直後は阿田市からも多くの人たちが県外に避難したが、放射線量が落ち着いた現在、復興作業などで、逆に県外の人たちが福島にやってくるという現象が起きている。

しかし、以前に工業デザインを学んでいたのが、シンガポールのインターナショナルスクールだという経歴が、地元から出たことのない穣たちを圧倒した。

花村からの紹介が終わるなり、転入生はおもむろに黒板の前に立ち、チョークを手に取り板書を始めた。
キ、キキキ、キキーッ
力を入れ過ぎているせいで、全身が総毛立つような嫌な音が出る。

花村を含めたクラスの全員が身もだえしているのも意に介さず、転入生は最後まで力をこめて書きおえると、ようやく穣たちに向き直った。

〝柚月宙彦〟

バランスの悪い、けれど大きな文字で、堂々と書かれている。

誰から促されたわけでもなく、自ら書き始めたにもかかわらず、あまり字がうまくないのは、帰国子女の故だろうか。

「僕の名前、読めますか?」

転入生に真顔で問いかけられ、教室の中に微妙な空気が広がった。

だって――。誰がどう見たって、チュウヒコじゃん。

なんなんだ、その名前。

教室内に、言葉にできないざわめきが広がる。

穣が肩越しに見やると、後ろの席の平山もどうしていいか分からない表情をしている。

「チュウヒコと書いてぇ」

穣たちの思いを読んだように、転入生が声を張りあげた。

「宙彦《おきひこ》と読みます」

転入生が名乗った途端、全員がなんとなく安堵の息をついた。

「ちなみに兄はウヒコと書いてぇ」

今度は転入生は黒板に〝宇彦〟と書きつける。

「宇彦《いえひこ》と読みます。父が天文好きだったため、このように名づけられました。近所では、宇宙兄弟と呼ばれています。よろしく!」

教室中が水を打ったようにしんとした。

もしかして――。ここって笑うところなんじゃないだろうか。

もし、眼の前にいるのが普通の男子だったら、お調子者の田中辺りが指差して大笑いし、この日から転入生のあだ名は〝チューヒコ〟にでも決定するだろう。

だが黒板の前に立っているのは、どこからどう見ても、普通の男子ではなかった。

緩やかなウェーブのかかった黒髪に、褐色の小さな顔。

形のよい眉の下、くっきりとした二重瞼《ふたえまぶた》の黒曜石のような瞳が輝いている。鼻筋は細く、高く、薄くも厚くもない唇は凜々《りり》しく真一文字に引き結ばれる。

腰の位置は高く、脚もすこぶる長い。

まるで、ハリウッドの青春映画に登場する、ヒロインが恋い焦がれる神秘的なアジアンビューティーだ。

インターナショナルスクール出身という経歴といい、この界隈《かいわい》では決してお目にかかることのなかったずば抜けた美貌といい、柚月宙彦は教室に入ってきたときから、始終穣たちを圧倒し続けていた。到底〝チューヒコ〟呼ばわりして、笑い倒せる相手ではない。

穣は密かに、一番後ろの席に座っている林マヤの姿に眼をやった。

マヤがいつもと変わらぬ様子でうつむいているのを視界の端にとらえ、少しだけホッとする。

前を向いた瞬間、宙彦とまともに視線がぶつかってしまった。

は――？

穣は思わず眉を寄せる。

なぜか宙彦は、穣に向かって小さく親指を突き立ててみせた。

柚月宙彦が阿田工業高校にきてから一週間が過ぎた。

イケメンの力、恐るべし。

ブームは今や学校内に留《とど》まらず、阿田の町中にまで及んでいる。パートから帰ってきた母から「あんたのクラスに、ものすごくかっこいい子がきたんだって？」と、うきうきした調子で尋ねられたのには驚いた。いいオバハンのくせに、なんでそんなところだけ耳が早いのか。

駅前のファストフード店で漫画週刊誌を読んでいた穣は、コーラのカップに突き立てたストローを嚙みつぶした。

最近では校門のところで〝出待ち〟をしている、他校の制服の女子も見かける。

そこでも宙彦は、地元高校生では思いもよらない対応をして、穣たちを慄《おのの》かせた。

この学校で、女子に追われたときの男子の反応は単純に二つ。穣のように逃げまくるか、割り切ってちゃらつくか。

ところが宙彦は、そのどちらでもなかった。

爽やかに微笑《ほほえ》み、全員と握手する。

可愛い子とも、そうでもない子とも、明らかに微妙な子とも、完全にいっちゃってるギャルとでも、まったく分け隔てなく、だ。

この宙彦の振る舞いは、女子の間で〝神対応〟と讃《たた》えられ、ますます評判を高めているらしい。拒絶でも迎合でもなく、握手というところがいいのだそうだ。

でも、それって――。俺なんかがへたにやったら、やっぱりお笑い種《ぐさ》だよな。

〝今日はきてくれてありがとう。でも俺のことは、あきらめてくれたまえ〟

そんなふうに詩織に手を差し出している自分の姿を想像すると、穣はゲジゲジが背中を這《は》いまわっているような気分に襲われる。

そう言えば、最近、あのストーカー女の顔を見ていない。あきらめてくれたのなら、それはそれでよかったと、穣は噛みつぶしたストローでぬるくなったコーラをすすった。

何気なく出入り口に眼をやり、しかし次の瞬間、穣はストローをくわえている口元を凍らせた。

楽しげに話しながら店の中に入ってくる見慣れた制服の二人連れ。大きな瞳の長い黒髪と、緩いウェーブのかかった前髪を額に垂らした小顔の長身。

穣は我に返り、あわてて柱の陰に身を隠す。

なんてことだ。

頭の中で再生していた二人が、現実になってやってきた。しかも親しげに話しながら。

宙彦に顔を寄せ、興奮気味に話している詩織の姿に、穣は顔が熱くなるのを感じた。

あのストーカー女、ちょっと姿を見ないと思っていたら、こうも簡単にシンガポール男に鞍替《くらが》えしていようとは——。

なんという恥知らず、なんという面の皮の厚い女か！

自分に向かって堂々と「体が目当て」とのたまったように、今度は、宙彦の「顔が目当て」なのかも分からない。

逃げろ、チューヒコ、その女はつい先日まで俺につきまとっていた魔物だぞ。

柱の陰から念を送ったが、宙彦は興味深そうに詩織の話に聞き入っている。

やがて二人はオレンジジュースとアイスコーヒーをトレイに載せて、仲良く二階席に上がっていった。

思わず穣は詰めていた息を吐く。

なぜか自分だけが置き去りにされたようで、気分が悪かった。

ない、ない、ない。あんな女、関係ない。

なんでこの俺が、いつの間にか振られたみたいになってんだ。

どいつもこいつも好きにしろ。

コーラのカップをダストボックスに叩きこみ、穣はスクールバッグを肩にひっかけファストフード店を後にした。


ホームルームが終わるや否や、穣はスクールバッグをつかんで、いち早く席を立とうとした。

その刹那、背後から肩を叩かれる。

平山だと思って振り返れば、完璧なまでに左右対称のアーモンドのような黒い瞳に見つめられた。

「やあ、穣君。それじゃあ一緒に出向こうか」

突然、掌《てのひら》を差し出され、穣は面食らう。

ファストフード店で見かけて以来、できるだけ視界に入れないように努めていた宙彦の嫌みなほど爽やかな笑顔がそこにあった。

こいつの口調がどことなく芝居じみているのは、やっぱり帰国子女の故だろうか。

第一、〝穣君〟ってなに？

普通、初めてまともに話しかける相手を、いきなり下の名前で呼ぶか？

やっぱりシンガポール帰りは、自分たち地元民の常識の範疇《はんちゅう》を超えている。六時限目は英語だったが、心得たもので、英語教師は一度も宙彦を指さなかった。

賢明な判断だったといえよう。

このハリウッドのアイドルスターみたいな容貌で、いきなりネイティブイングリッシュを口にされたら、間違いなくクラスの全員が討ち死にする。それまで〝英語が得意〟と鼻を高くしていた連中も、木っ端みじんに吹き飛ばされるだろう。

ぼんやり見返していると、そのまますぐいと腕をつかまれた。

「さあ、いこうじゃないか」

「いくって、どこへ」

一見、なよっとしているくせに、意外に力が強い。引きずられそうになり、穣はあわてて腕を振りほどいた。

「決まってるじゃないか。視聴覚室だよ」

「視聴覚室なんかいって、どうすんだ」

「フラ愛好会の見学さ。詩織君が待ってる」

どこまでも爽やかに告げられ、穣は顔を引きつらせる。

絶句した穣に、宙彦はなだめるような笑みを浮かべた。

「穣君も、フラに興味があるんだろ？　でも、ひとりじゃ見学にいく勇気が出ないようだって詩織君から聞いたから、僕が付き合うことにするよ。さあ、共に出向こうじゃないか」

あまりのことに、穣はとっさに言い返すことができなかった。

にんまりとした笑みを浮かべている、詩織のしたり顔が眼に浮かぶ。

あの女……！

一体こいつになにを吹きこんだんだ。この俺が、フラに興味があるだって？　ひとりで見学にいく勇気がないだって？

冗談じゃない。

フラなんて、女の腰振りダンスじゃないか。そんなものに興味を持つのは、女目当てのチャラ男だけだ！

勇んで言い返そうとした途端、前の席から大声があがった。

「はっ！　フラだぁ？　水泳の次は、半裸の女の腰振りダンスかよ。まじありえねえ」

「さっすが、チャラ男。どうせ、女が目当てでしょうが」

今しがた穣が心に思ったばかりのことを、松下と田中が、鬼の首でも取ったかのように声高に言い放つ。

「あれ、やっぱり、図星～？」

田中の茶化しに、教室内の空気がざわりと揺れた。ふと視線の片隅に、驚いたように顔を上げている林マヤの姿をとらえ、穣は頬に血を上らせる。

「NONSENSE！」

そのとき、澄んだ声が教室いっぱいに響き渡った。

完璧なネイティブアクセントで発せられたひと言が、「ナンセンス」であることに気づくのに、数秒が費やされる。

穣に先んじて松下たちに向き直ったのは、意外にも柚月宙彦のほうだった。

「フラを女性だけのものと思っているなら、それは認識不足というものだよ。さもなくば、とんだ偏見だ！」

きっぱり言い切った宙彦の迫力に、教室中が水を打ったようにしんとする。

「フラはハワイの文字ともいえる貴重な文化だ。文化が女性のものだけのはずがないだろう？　そもそも古典フラは男性の踊りだ。フラを半裸の女性の腰振りダンスとしか思えないのは、君が欧米が垂れ流す、観光産業のイメージに毒されている証拠だよ。事実、君が思っているような、伝統的なフラからはほど遠いものだ」

堂々と前を見据える宙彦は、男の眼から見ても惚《ほ》れ惚《ぼ》れするほど凛々しい。

しかも、十全の美貌から繰り出される正論は、十二分の説得力を生む。

「要するに君の言っていることは、着物を着た女性を全員芸者だと思いこんでいる、付け焼刃の知識しかないミーハー外国人と同じことだ」

直前まで松下とまったく同じことを考えていた穣は、宙彦が繰り出す正論の弾丸に、文字通り胸を貫かれた。

「なんだよ、お前は……」

だが、田中ら取り巻きたちの手前か、松下は顔面を引きつらせながらも、そう簡単に引っこもうとはしなかった。

「外国帰りだからって、大きな顔すんな。ここにはここの価値観ってもんがあるんだよ」

「そ、そうだよな。柚月ちゃん、まだここにきたばっかりじゃん。もう少し、遠慮しようよ」

〝親分〟の反撃に、気圧《けお》されていた子分たちも色めき立つ。

「だいたい、なんでこの学校に、フラ愛好会なんてもんがあるわけ？　そんなの、少数派の女がでかい顔したいだけじゃん。視聴覚室だって、もっと有意義なことに使用したほうがいいんじゃね？」

田中から援護射撃を受け、松下の顔にも色が戻る。

「まったくだな。俺の兄貴の時代、ここは男子校だったんだぞ。工業高校の女なんて、はっきり言って足手まといだ」

松下の威圧的な声に、マヤがびくりと肩を震わせた。

「ほんと、ほんと。可愛い子ならいいけど、陰気な眼鏡狸《だぬき》じゃ、テンションも下がる……」

「おい、ちょっと、待てよ！」

松下や田中の矛先がマヤに向かい出したことに、穣は思わず立ち上がった。

「みんな、入試を通ってここへきてるんだ。男だろうと女だろうと、関係ねえだろ」

そうだ。

女子に優しくすることで、他の男子から疎まれるという構図自体、元々どこかいびつなんだ。硬派も軟派も関係ない。力のない女子に力を貸すのは当たり前のことで、それを「チャラ男」とはやしたてるほうがどうかしている。

「うぜえ……」

松下が発しかけた言葉を、穣は最後まで聞けなかった。

「さっすが、穣！　EXCELLENT！」

大声をあげた宙彦に、いきなり抱きつかれたからだ。

「や、やめっ……、離れろ！」

「さ、つまらないことは忘れて、早くいこう、穣！」

すっかりその気になった宙彦に、むんずと腕をつかまれる。

「なんで呼び捨てなんだよ」

突然の展開に穣はあせった。

だが興奮した宙彦は、呆気《あっけ》に取られている松下たちに構わず、どんどん廊下へ出ていこうとする。

まさか、こんなに妙な勢いのある奴だとは思わなかった。

「いいから放せよ、自分で歩く」

引きずられるのが嫌で腕をふりほどけば、呆《あき》れるほどきらきらした眼差しを向けられる。

「僕のベストフレンドになってくれ、穣」

さすがは出待ちの女子全員と、握手をする王子様。

口にする言葉のひとつひとつが非日常だ。

「お前、その顔じゃなかったら、絶対現世で生きていけないぞ」

「サンキュー、穣」

「別にほめてないけどな」

穣がなにを言っても、爽やか極まりない笑顔が返ってくる。

この態度、誰かと似ている。

ふと穣の脳裏を長い黒髪がよぎった。

詩織と同じく、宙彦もまったく空気を読もうとしない。

でも――。空気ばかり読んで主流派に流れていこうとする連中より、もしかしたら付き合いやすいのかもしれないな。

それまで普通に話していても、声の大きい松下がきた途端、そそくさと自分から離れていく部員や級友たちの姿を思い浮かべると、宙彦の屈託のない笑みが心のどこかに沁《し》みていった。

気づけば、穣は宙彦と共に視聴覚室の前まできてしまっていた。

「さっすが柚月君、本当に連れてきてくれたんだ！」

宙彦が扉をあけるなり、ジャージ姿の詩織が駆け寄ってきた。

穣の眼の前で、宙彦と詩織はハイタッチを交わす。非日常コンビの、ついていけないテンションだ。

しらけた眼差しで眺めていると、詩織がくるりと振り返った。

「最初から素直にきなさいよ」

上から目線で告げられて、むっとする。

視聴覚室の中には、数人の女子と、痩せぎすのモヤシみたいな男子と、オッサンにしか見えない大柄な男子がいた。壁際の女子たちは宙彦の姿を見るなり、小声でなにかを囁《ささや》き、手を取り合って興奮している。気づいた宙彦が詩織から離れて微笑み返せば、キャーッと小さな歓声があがった。

やってられない。

男子は一年生と三年生だろうか。阿田工業は制服やジャージで学年の色分けをしないので、何年生かを見極めるのが難しい。

でもどう考えてもこのオッサンは、先輩だろう。

穣がフラ愛好会のメンバーらしい男子を品定めしていると、詩織が掌を打ち鳴らした。

「はいはい、今年は四人の男子メンバーがそろいました。これで、我が愛好会、アーヌエヌエ・オハナも、まったく新しいフォーメーションを組めることになります」

「ちょっと、待て！」

勝手に話を進められ、穣はあわてる。

「俺は入るなんてひと言も……」

そのとき、大きな音をたてて視聴覚室の後ろの扉があいた。

「遅れて、すみません！」

大きな紙袋を抱えて部屋に入ってきたのは、林マヤだった。

穣は喉まで出かかっていた言葉を呑みこむ。

ふさふさしたポンポンのようなものの入った紙袋を部屋の隅に置くと、マヤが真っ赤な顔をして近づいてきた。

「つ、辻本君、さっきはありがとう」

穣の前までくると、マヤは深々と頭を下げた。

「いや、俺は、別に……」

途端に、穣はしどろもどろになる。

「別に、私のためなんかじゃないって分かってるけど、それでもすごく、嬉《うれ》しかった。私、自分があのクラスのお荷物だって分かってたから」

「そんなことないって」

マヤとこんなふうに話すのは初めてのことだ。

「私、シオリン……じゃなくて澤田さんから、アーヌエヌエ・オハナに二年生の男子会員を入れるって聞いて、本当はすごく不安だったんだけど、入ってくれるのが辻本君なら、嬉しい。なんかすごく安心した」

眼鏡越しに潤んだような眼差しを向けられ、穣は頭の中が真っ白になる。

まさかマヤがフラ愛好会の会員だとは思わなかった。宙彦がいなければ、そのマヤの前で、フラに対して侮蔑的なことを口にしてしまうところだった。

穣が絶句していると、マヤがはたと我に返ったような表情になった。

眼鏡の奥の眼が大きく見開かれ、見る見るうちに頬がますます赤くなる。

「ご、ごめんなさい、私、突然変なこと言っちゃって……」

「い、いや、別に」

「本当にごめんなさい！」

膝につくほど頭を下げ、マヤはくるりと踵《きびす》を返した。

「私、もう少し、備品持ってきます」

言うなり、再び後方の扉から駆け出していってしまう。穣は啞然《あぜん》として、その後ろ姿を見送った。

前言撤回。

林マヤは可愛い。特別可愛いというわけではないけれど、個人的に、とても可愛い。

気づくと、視聴覚室にいる全員が自分を見ていた。

宙彦と眼が合った瞬間――。

ぐっと親指を突き立てられた。

# アーヌエヌエ・オハナ

なぜ、こんなことになったのか。

深く考えようとすると、穣《ゆたか》は頭が痛くなってくる。

「穣！　さあ、いこう」

ホームルームが終わるなり、宙彦《おきひこ》がきらきらした笑顔で駆け寄ってきた。

一体いつから自分はこのすこぶる目立つ転入生の〝ベストフレンド〟になってしまったのだろう。

一般庶民とはかけ離れた感覚で生きている男に、抵抗するのは虚《むな》しい。なにを言おうが、宙彦はそれを、自分への好意としか解釈しない。

なんといってもこの顔だ。幼い頃から、誰からも愛され、大切にされまくってきたのだろう。

天真爛漫《てんしんらんまん》の恐ろしさを、穣は身に沁みて感じた。

「いいから放せ、引っ張るな」

絡みつけてくる腕を払い、穣は席を立つ。

松下や田中の視線を感じたが、彼らはなにも言わなかった。彼らは彼らで、宙彦に反論される居心地の悪さを痛感しているようだった。

背後からジョン・ウィリアムズのサントラでも響いてきそうな容貌で、堂々と正論を放つ宙彦を相手にすれば、たとえクラスの主流であってもまたたく間に悪役に堕《お》ちるのは必至。

今までなにかと穣を腐してきた松下が、きまり悪そうに黙っているのを見ると、少しだけ溜飲《りゅういん》が下がる。

「さあ、今日は僕らもいよいよ実技に挑戦だ」

しかし宙彦が明るく放った言葉に、穣はげんなりした。

男のフラダンスなんて、やはり想像ができない。

腰蓑《こしみの》をつけ、満面の笑みで体をくねらせている自分なんて、考えただけで気持ち悪い。

「ほら、急ごう。マヤ君はもういっちゃったよ」

「林は関係ないだろ」

「関係ないことない。クラスメイトだし、同じ会の仲間じゃないか」

真顔で返されると、むきになっている自分がバカみたいに思えてくる。

穣はため息をついて、スクールバッグを肩にかけた。どうも宙彦といると調子がおかしくなる。

一緒に廊下に出れば、全校生徒の十分の一に満たない女子たちと、不自然なほどすれ違った。どうやら彼女たちは、宙彦の動向をそれとなく追いかけているようだ。

あんまり美男なのも、大変だよな――。

ちらりと視線を走らせると、宙彦は平然と前を見て歩いている。

渡り廊下を歩いて東棟に入ると、ようやく人気《ひとけ》がなくなった。

「あのさ」

階段を下りながら、穣は前々から気になっていたことを口にしてみた。

「海外からこっちくるのって、なんか言われたりしなかった？」

「なんかって？」

「……原発事故のこととかさ」

実際に言葉にすると、胸の中がざらりとした。

今では福島はＦＵＫＵＳＨＩＭＡとして、海外のニュースでも盛んに取り上げられている。中には、稲刈り直後の田圃《たんぼ》の写真を載せて、すべての草が枯れ果てたなどというとんでもないデマを流すＳＮＳまであると聞く。

「線量が基準値以下になっていることはデータでも証明されてるし、チェルノブイリの状況とは違うことくらい、たいていの人たちは理解してる。確かに、過激なことを言う人はいるけど、僕も僕の家族も気にしてない」

　宙彦は、真っ直ぐに穣を見た。

「それに、穣だって、ここで生活しているじゃない」

「そりゃ、そうだけどさ」

　それは、この町が生まれたときからの自分の現実だからだ。

　だがここに住んでいる人の中にもいろいろな意見があり、どれを信じていいのか分からない。なにが真実なのかも分からない。

　原発事故があってから、穣の世界は狭くて小さくなった。起きてしまった如何《いかん》ともしがたい変化の前では、個人の力は途方もなく小さい。

　眼の前の小さな世界は八方ふさがりで、どこにも出口が見つからない。

　穣が黙っていると、ふいに肩に手を置かれた。

「でも、自分の故郷が、そんなふうに言われるのって嫌だよね」

　踊り場の窓から差しこむ日差しが、宙彦のウェーブのかかった髪を輝かせている。

　校庭から、運動部のかけ声が聞こえてきた。

「僕の父は、元々福島の出身なんだ」

「え？」

「だから、穣の気持ちはよく分かる。父はいつも言ってる。このままじゃいけないって」

このままじゃいけない――。ならば、どうすればいい。

狭い世界の出口は一体どこにある。

〝復興〟という言葉を惰性のように突きつけられるたび、あせりを通り越して、虚しさに似た思いが湧き起こる。

「僕の父はね、再生可能エネルギー専門の技術者だよ」

その言葉に、穣は思わず顔を上げた。

宙彦はゆっくり頷《うなず》いた。

「父は、浮体式洋上風力発電研究に参加するために、ここに戻ってきたんだ」

福島沖では、三年前より洋上風力発電の研究が進められている。風力発電は二〇二〇年に向けた「新生ふくしま」の取り組みの大きな柱のひとつでもある。

「僕たちが学んでいる工業デザインは、こうしたシステムをより効率的にすることにも、いかに人工的で威圧的に見せないかにも、大きく役立つんだ」

日用品の機能デザインのことばかり教えこまれてきた穣は、宙彦の語るスケールの大きさにハッとした。元々非日常的な宙彦が口にしたせいか、けれどそれは、あまり絵空事のようには響かなかった。

宙彦は屈託のない笑みを浮かべている。

事故のことを口にしたのに、暗い気分ばかりにならずに済んだのは、随分久しぶりだった。

しかし、視聴覚室の傍《そば》までくると、穣の足の動きは自然とにぶった。

視聴覚室からは、間延びしているようにしか聞こえないスチールギターと、呑気《のんき》極まりないウクレレの音色がもれ聞こえてくる。

宙彦があけた扉の向こうに眼をやった瞬間、穣の足は完全にとまった。

悠長な音楽に合わせ、ゆらゆらと腰を振っている女子たちの間で、オッサンとモヤシが奇妙な盆踊りを踊っている。

「おっ！　男子も踊ってる」

宙彦は上機嫌だが、穣はあいた口がふさがらなかった。

これが、本当にフラなのか？

胸の前で両腕を波のようにくねらせている女子はともかく、その間に入って腰を落として踊っている男子ときたら。

掘って、掘って、また掘って。かついで、眺めて、押して、押して……。

これって、完全に炭坑節じゃないのかよ。

しかも二人とも眉間にしわを寄せ、必死の形相で踊っている。

はっきり言って、変だ。

彼らの前で腕を組んでいる詩織も、さすがに微妙な表情をしていた。

まったく空気を読もうとしない宙彦の陽気な声がけに、詩織が振り返る。

「あ、待ってたよ！」

「詩織君」

途端にぱっと顔が輝いた。

「これが、フラ・アウアナの男踊りかい？」

「うん、まあね。振りはだいたいいいんだけど、表情がちょっとね……」

興味深そうに尋ねた宙彦に答えてから、詩織はジャージ姿でぎくしゃく踊っている二人の男子に向き直った。

「ほら、男子！　笑顔、笑顔！」

オッサンとモヤシが強張《こわば》った表情のまま、無理やり口角だけを上げてみせる。ますます変だ。

これで振りがあっているというのにも、びっくりだ。

駄目だ。ついていけない。やはり、帰ろう。

そう思った瞬間、詩織が手を叩いた。

「はい、はい。とりあえず、とめてー」

一旦音楽がとめられ、前で踊っていた男女が戻ってくる。オーディオ機器を操作していた林マヤも暗幕の向こうから現れた。

「前回、きちんと紹介する時間もなかったし、出席していなかったメンバーもいるので、あらためて新メンバーを紹介しまーす」

集められた女子たちは、そろって頬を染めている。視線の先にいるのはもちろん宙彦だ。

三年とおぼしきオッサンと、一年とおぼしきモヤシも、穣と宙彦の向かいに立った。

「創立五年目を迎えるフラ愛好会アーヌエヌエ・オハナですが、今年は初めて男子会員を迎えることになりました。えー、まず、会長である私自らがスカウトして参りました、建築科二年生のお二人です」

詩織に促され、宙彦が素直に一歩前に出る。

「建築科の柚月宙彦です。以前はシンガポールのインターナショナルスクールで工業デザインを学んでいました。この学校には転入してきたばかりですが、みなさん、どうかよろしくお願いします」

きらきら王子が胸に手を当てて会釈すれば、部屋の隅に固まっている女子の間から熱烈な拍手が沸き起こった。

けっ。やってらんねー。

思いきり鼻白んだが、ここでごねるのもなんだか大人げない気がしてくる。かたわらの宙彦に、余裕の笑顔を向けられればなおさらだ。

「ほら、早くしなさいよ」

詩織の横柄な催促をかき消すように、穣は声を張りあげた。

「同じく、建築科二年、辻本穣」

ちらりと走らせた視線が、マヤとまともにぶつかった。にっこりと微笑まれ、心拍数が一気に上がる。

「それから、こちらは男子会員募集と同時に入会を申し出てくれた、新入生の夏目《なつめ》大《たい》河《が》君」

やはりモヤシは一年か。しかし大河とは、随分似合わない名前だな。

「電気科一年の夏目っす」

は——？

「家は商店街の夏目食堂っす。好きな食べ物はカツ丼と焼き肉とカレーと羊羹《ようかん》っす」

穣は面食らった。

向かいで頭を下げたのは、完全に上級生だと思いこんでいたオッサンのほうだった。

「夏目君は、柔道部と兼部なんだよね」

詩織の補足に、大河は「押忍《おす》っ」と脇を締める。柔道部の顧問と言われてもおかしくないほどの老けっぷりだ。

「で、同じく電気科一年生の薄葉健一《うすばけんいち》君」

やっとモヤシが前に出て、うつむいたまま口の中でもごもごとなにかを言った。

「……ス……ト……ス」

まったく聞き取れなかった。

「じゃあ次は女子ね。こちらがぁ」

張り切って続けようとする詩織をさえぎるように、背の高いショートカットの女子が進み出る。

「工業化学科二年の安瀬基子《あんぜもとこ》です。一応、副会長やってます」

切れ長の眼が、じっと穣と宙彦を見返した。やたらにテンションの高い詩織とは対照的に、冷静で大人びた印象の女子だった。

部屋の片隅に固まっていた残りの四人の女子も次々と自己紹介を始めたが、穣は途中から誰が誰だか分からなくなった。もっともそれでも問題はなさそうだ。彼女たちははなから、宙彦のことしか見ていなかった。

王子に夢中の四人の女子は、全員一年生だ。

「マヤヤは辻本君たちと同じ建築科だから今さら紹介はいいよね。で、私が五代目会長の澤田詩織でーす」

微笑んでいるマヤヤを飛ばし、詩織が芝居じみた仕草で頭を下げる。

「三月までは先輩もいたんだけど、二人とも筑波大目指してる進学組で、三年になると同時に引退しちゃったんだよね。うちの会、これから夏まで、結構大変だから」

なに——？

最後のひと言が引っかかったが、詩織は即座に話題を変えた。

「あ、それから、アーヌエヌエ・オハナっていうのはハワイ語で『虹のファミリー』って意味。ちなみに、ハワイ語のファミリーは血縁と関係ないから。要するに、家族みたいな仲間ってことね。そんなわけで、もう私たちファミリーなんでよろしく」

冗談じゃない。勝手にファミリーにされてたまるか。

「あのさ、俺、別に正式に入会したわけじゃないから」

「はあ？　まだそういうこと言う？」

穣の抵抗に、詩織が露骨に顔をしかめる。

「男子が四人いないとフォーメーションが組みづらいんだよね」

「そんなの、俺と関係ないだろ」

「今からまた新しい男子をスカウトするのは、こっちだって大変なんだよ」

「だから、そんなことは……」

言いかけて、穣はふと口をつぐんだ。

暗幕の端をつかみ、マヤが真剣な表情でこちらを見ている。

入ってくれるのが辻本君なら、嬉しい。なんかすごく安心した――。

先日マヤに告げられた言葉が甦《よみがえ》り、穣は先を続けることができなくなった。心なしか、マヤが涙ぐんでいるようにも見えてくる。

「と……、とりあえず、仮入会ってことにしといてくれよ」

結局穣は、そう言ってお茶を濁した。

「参加してくれるなら、仮でもなんでも好きにしてよ。本当、往生際が悪いなぁ」

詩織が盛大にため息をつく。

マヤが強張っていた表情を和らげるのを見て、穣もなんとなくホッとした。

勘違いじゃない。林マヤは確実に、自分を特別視している。頼られていると言ってもいい。

その再確認は、密かに穣の胸のうちを熱く照らした。

「はーい、じゃあ、練習に戻りましょう」

詩織が再び手を叩く。

「今日は教室を二つに分けて、まずは男子と女子で個別の練習をします」

詩織の言葉に、四人の一年生女子が明らかに残念そうな顔をする。宙彦王子と一緒に踊ることを期待していたのだろう。

「そうでないと、今はレベルが違い過ぎるからねー。なんたって辻本君たちは初めてなんだし」

詩織はマヤや基子と手分けして暗幕を引き、教室を二つに分けた。

最初ということで、基本ステップでも学ぶのかと思ったが、詩織からいきなり一枚のDVDを押し付けられた。

「はい。これ見て、付属の教本読んで、練習しといて」

要領を得ずに見返せば、詩織は腕を組みひとりで頷いている。

「フラ・アウアナは後々合同練習するとして、男子はまずはオテアから入ってよ。DVD見れば、なんとかなると思う。オテアはとにかく勢いだから」

「だからさ」

どこまでもひとりよがりな詩織に、穣は業を煮やした。

「そのフラ……なんとかだとか、オテアだとかっていうのは、一体なんなんだよ」

「あ、そうか。まずはそこからか」

初めて気づいたように、詩織が眼を見張る。悪気はないのだろうが、とことん自分の基準でしか動こうとしない。

穣の呆れ顔に構わず、詩織は説明を始めた。

「簡単に言うと、フラ・アウアナっていうのは現代フラのこと。さっきかかってた『アロハ・オエ』とか、『ブルー・ハワイ』とか、フラっていえば誰でもすぐに思い浮かべるハワイアンミュージックに合わせて踊るダンスのことね。これに対して古典フラのカヒコっていうのがあるんだけど、これはまたちょっと特殊だから今は説明は省くわ」

スチールギターとウクレレの悠長な音楽に合わせて踊るのだけが、フラダンスではないということか。

「それで、オテアっていうのは、タヒチアンダンスの一派で……」

「おい、ちょっと待て」

穣はだんだん頭がこんがらかってきた。

「タヒチアンダンス？　フラじゃないわけ？」

「その辺の説明は結構面倒くさいんだけど、要するにフラもタヒチアンも元をたどれば、南太平洋のポリネシアの人たちが流れ着いた島や土地で、宗教行事や娯楽のために生み出したものなの」

大昔——一説には紀元前二世紀頃——、タヒチ島へ移り住んだポリネシアの人々は、そこでタヒチアンダンスを生み、そのタヒチアンダンスがハワイに渡り、独自に変化を遂げてフラダンスになったという。

「いろんな説があるけど、要するに、フラもタヒチも源流は同じじってこと」

詩織は人差し指を突き立てた。

「とりあえず難しいことはいいから、まずはDVDを見てしっかり覚えてよ。オテアっていうのはタヒチアンの中でも一番男子が映える、ダイナミックな踊りだから。オテアを完璧にするために、わざわざ男子を入会させたようなもんだし」

視聴覚室の後方から、どたどたと音がする。暗幕越しにのぞけば、マヤや基子が机を片付け、一年女子たちが床の上で本格的な柔軟体操を始めていた。

「それに、やっぱり男女がそろわないと、本当のフラとは言えないしね」

だんだん、詩織の言葉に熱がこもる。

「フラって、ハワイの文字ともいえる貴重な文化だもの。文化が女だけのもののはずがないでしょう？　古典フラのカヒコは、元々男性の踊りだし。フラを半裸の女性の腰振りダンスだと思ってるような連中は、着物を着た女性を全員芸者だと思いこんでる、付け焼刃の知識しかないミーハー外国人と同じことよ」

あれ？

どこかで聞いた台詞《せりふ》だ。

すかさず宙彦を見れば、澄ました顔をしている。

こいつ――。堂々と放った正論は、全部、この女の受け売りか！

「とにかく」

詩織が穣の肩を叩いた。

「辻本君が中心になって、なんとかオテアを仕上げてちょうだい。本番は近いんだから」

「は？」

穣は口をぽかんとあける。

なんで自分が中心なのかも意味不明だし、第一、〝本番〟って一体なんなんだ。

「お前、なに言ってんの？」

「お前じゃなくて、澤田」

「いや、だから、なんで俺が中心なんだよ」

食い下がった穣に、詩織はにやりと笑みを浮かべた。

「あれだけの跳躍力を見せつけておいて、なにを今さら」

その瞬間、つきまとってくる詩織から逃げるために、階段を五段跳びで飛び降りたことを思い出した。

「あれだけ脚力があれば、オテアだって楽勝よ」

悪魔の笑みをたたえながら、詩織はジャージのポケットから取り出した紙を突きつけてくる。

「とりあえず、スケジュールはここに全部書いてあるから」

用紙の一番上には、「アーヌエヌエ・オハナ慰問スケジュール」という文字が躍っていた。穣はあわてて、ぎっしり書きこまれたスケジュールに眼を走らせる。

五月五日。ケアサービスセンター阿田――。

「おい！　これって、もう来月じゃないか」

「だから、ぐずぐずしてる暇はないって言ってんの。みんな、男子フラに期待してるんだから、しっかりね」

ホホホと高笑いしながら、詩織は長い黒髪をひるがえして暗幕の向こうへ消えていく。後にはぼんやり立ち尽くしている大河と健一のでこぼこ一年生コンビ、なにやら妙にわくわくした様子の宙彦と自分だけが残された。

「穣、楽しみだね」

「うっせえ！」

宙彦がかけてきた声を速攻で打ち消した。

# オテア

視聴覚室に、軽快な太鼓のリズムが鳴り響く。

ＤＶＤの画面の中では、トエレと呼ばれる丸太のような太鼓から繰り出されるリズムに合わせ、半裸の屈強な男たちが、つま先立ちで中腰になって膝を激しく開閉させている。

リズムの転調に合わせ、腕を胸の前でクロスする。その間も、膝の動きはとまらない。

穣《ゆたか》は腕を組んで、画面を見つめた。

一見、単純そうに思えるのだが、実際にやってみると相当きつい。

水泳で鍛えていた穣ですら、初日の翌日には太腿《ふともも》が筋肉痛になった。

ましてや――。

穣はかたわらで一緒にＤＶＤを眺めている、非日常王子とでこぼこ一年生コンビを見やった。

「よし、じゃあ、とりあえず、ここまでやってみようか」

DVDのトラックを1に戻し、画面を見ながら一列に並ぶ。

付属の教本には基本ステップも載っていたが、タモだの、アミだの、パオティだのといった意味不明の言葉で説明されるより、手本の映像を見よう見まねでやっていくほうが早いだろうという話になった。

詩織曰《いわ》く、「とにかくオテアはノリと勢いが大事」なのだそうだ。

だが動き始めてすぐに、全員の動きが恐ろしいほどばらばらなことが分かった。

特に一年生コンビ。

脚力のない健一はつま先立ちになった段階ですでによろよろで、膝の開閉が速くなると、まるでついてこられない。大河は脚を動かしていると手がとまる。手を動かしていると脚がとまる。

加えて、二人そろってリズム感が皆無ときている。

自分のように、〝嵌《は》められた〟ならいざ知らず、なぜこのでこぼこコンビが自主的にフラ愛好会への入会を希望したのか、穣には果てしなく謎だった。

かたわらでは、宙彦《おきひこ》が楽しそうに踊っている。見てくれが抜群にいいので、それなりに様になってはいるが、そもそも宙彦には周囲に合わせて踊るという概念が欠けていた。

こんな状態で、果たして来月の慰問に間に合うのだろうか。

練習に入る前、健一が消え入りそうな声でぼそぼそ語った内容によれば、フラ愛好会アーヌエヌエ・オハナは、発足から五年間で百五十ヵ所以上の老人ホームや保育園で慰問を行なっているのだという。その活動は、実は地元では結構有名で、大手企業がスポンサーにつくこともあるらしい。

一年生の健一や大河が知っていることを、穣は今までまったく知らなかった。

この愛好会を作ったのが養護室の木原唯《きはらゆい》教諭で、顧問である唯が現在産休中であることまで後輩から説明されてしまうと、さすがに少々きまりが悪くなった。

「先輩のくせして、穣はなーんにも知らないんだねぇ」

遠慮のない宙彦に、ずけずけと突っこまれればなおさらだ。

これまでそんなことを深く考えたことはなかったけれど、もしかしたら自分は、馴《な》染《じ》みのないものを無意識のうちに切り捨てるようなところがあったのかもしれない。マヤのことだって、頭の片隅では気になっていたのに、あえて眼に入れないようにしていた。

馴染みのないものに近づくのは、正直言って億劫《おっくう》だったのだ。

しかしその自分が、まさか縁もゆかりもなかったタヒチアンダンスを中心になって踊ることになろうとは。

トエレのリズムが転調し、新しい動きに入る。

中腰のまま腕を水平に伸ばし、片足で飛び跳ねながら右へ左へと移動する。

これまたきつい。

四人の男がいっせいに飛び跳ねると、視聴覚室に地響きが轟《とどろ》いた。特に大河は床を踏み抜く勢いで、どしどし跳ねている。その横で、健一が足を滑らせて尻餅をついた。

「うわー、凄《すご》い音。調子、どう?」

暗幕の向こうから、長い黒髪を揺らして詩織が顔を出す。

いい、わけがない。

床に転がっている健一と、まったく動きのそろっていない穣たちに、詩織もちょっと眉を寄せた。

「辻本、ちょっと」

手招きするなり、詩織は暗幕の向こうへ消えていく。

なんでいつの間にか、こいつまで呼び捨てなんだ。

穣はむっとしたが、とりあえず宙彦にその場をまかせて後に続いた。

「思った以上に難航してるね」

視聴覚室の奥のホワイトボードの前までくると、詩織はくるりと振り返った。

「当たり前だろ」

穣は大きく息を吐く。

視聴覚室に、詩織以外の女子たちの姿はなかった。今日は渡り廊下のガラス戸を鏡代わりに、動きのチェックをしているのだそうだ。

「こっちはダンスなんざ素人なんだから」

「まあね。でも、辻本と柚月君は、それなりにステップ踏めてると思うよ」

だから、なんで俺だけ呼び捨てなんだ。

「ただ、一年生はあのままじゃまずいね。特に薄葉君は、スクワットからしっかりやったほうがいいかも」

「そんな悠長なことで、五月に間に合うのかよ」

詩織は少し考えこむように視線を伏せた。

そうやって黙っていると、案外しおらしく見える。台風のように自分を振り回してきた詩織にも、こんな表情ができるのかと、穣はかすかに意外に思う。

「フォーメーション次第でなんとかなると思う。ちょっと顧問に相談してみる」

次に顔を上げたとき、詩織はいつもの強気な眼差しに戻っていた。

顧問――というと、産休中の木原唯先生か。

「木原先生って、もう学校きてないんじゃねえの」

「そうだけど……」

言いかけて詩織は口をつぐむ。

穣は言葉の続きを待ったが、詩織はその先を口にしようとはしなかった。代わりに割り切った笑みを浮かべる。

「大丈夫だよ。なんとかなるって」

その根拠のない確信は、一体どこから湧くのだろう。

穣が腑《ふ》に落ちない思いを隠しきれずにいると、詩織がどしんと背中をどやしつけてきた。

「そんな顔しないでよ。とにかく、最後の大技だけは、しっかり決めてよね」

最後の大技とは、前かがみになった一年生二人を台に、穣たち二年生が背後から馬跳びして着地するというものだ。横からではなく、正背面から跳ぶため、かなりの跳躍が必要とされる。

その前段階で何度も挫折している穣たちは、このラストの練習に未だたどり着けていない。

穣が跳ぶことになっているのは、モヤシの健一の台だ。背中に手をついた途端、ぐしゃりとつぶれるのではないかと嫌な予感に襲われた。

そのとき、穣の想像を具現化するような無様な音が、暗幕の向こうから次々と響いた。

戻ってみれば、全員が見事に床の上に転がっている。

「ラスト近くのテン、テン、テテンのところがどうにも滑るねぇ」

宙彦が腰をさすりながら笑っている。大河が巨体を伏せている横で、健一は虫の息だ。

こんなんで、本当になんとかなんのかよ――。

ほとんどあきらめかけている穣をよそに、詩織が「はいはい」と手を叩いた。

「オテアは一旦ここまでにして、女子が戻ってくるまで、フラ・アウアナの基本ステップをおさらいしとこうか」

「それはナイスアイディアだね、詩織君」

非日常コンビがハイタッチを交わすかたわら、でこぼこ一年生も、もぞもぞと起き上がった。

「じゃあ、とりあえず音楽かけるね」

詩織がオテアのDVDをとめ、かわりにCDをセットすると、視聴覚室にウクレレとスチールギターの伴奏に合わせたファルセットボイスが流れ始める。

「ほら、辻本もいつまでも変な顔してないで早く並んで」

手招きされ、穣も渋々宙彦の隣に並んだ。

「まずはヴェンドで立ってー」

穣たちの前に立つと、詩織は腰に手を当て、膝をくの字に曲げた。ヴェンドと呼ばれるこの姿勢は、すべてのフラのステップの基本になる。

「はい、カオー」

ヴェンドの姿勢のまま、腰をゆっくり左右に揺らす。このとき、腰の動きに合わせて踵《かかと》を上げてはいけない。できるだけ両足を地に付けたまま、滑らかに体重移動を繰り返す。

「肩は揺らさないように、上半身をキープしてー」

単なる腰振りと思いきや、カオは上半身のバランスを取るのがなかなか難しい。へたをすると、肩ががくがく揺れてしまう。

悠長に見える腰振りダンスは、その実、かなりの足腰の力が必要とされるのだ。

「フラはステップも大事だけど、一番大事なのは笑顔よ、笑顔。しっかり口角を持ち上げて」

詩織がきゅっと口角を上げてみせる。

言うのは簡単だが、実際に踊っていると、これが結構難しい。照れもあるし、ステップに夢中になると、ついつい眉間にしわが寄ってしまう。

「はい、次、カホロー」

カオの動きを保ったまま、今度は左右に二歩ずつ進む。まず足を先に出し、振り子のようにスムーズに体重を移動する。

「上半身は揺らさないで。腰は横に八の字ねー」

体重移動がうまくいけば、水の上を滑るような優雅な動きになるのだが、上半身のバランスが崩れてぎこちなくなると、なんとも珍妙な動きになる。特に、女性の踊りに比べて腕の動きがやや直線的なアウアナの男踊りは、へたをすると完全に盆踊りになる。

今流れている「コウラ」というハワイアンミュージックは、カウアイ島の水源の美しさを讃えた歌なのに、腰と上半身が一緒に動いてしまう一年生コンビは、どう見てもやっぱり炭坑節だ。

対して宙彦は、カホロの動きが結構うまい。前後左右にすいすいと移動する。

「柚月君、カホロはもう完璧ね。女子と合わせても遜色《そんしょく》ないかも」

詩織が嬉しそうに宙彦を見やった。

「うん。これって要するに、フォーカウント、ツーステップだからね。ルンバと同じことだよ」

ルンバだと――？

またしても宙彦が、一般庶民には思いもつかない返しをする。

「へー、柚月君って、ルンバ踊れるんだ」

「社交ダンスはひと通り習ってる。プロムでは、ご婦人をエスコートしないといけないからね」

ここまでくると、もはや意味が分からない。

なにがご婦人だ。なにがプロムだ。プラムの種でも喉に詰まらせて死んでしまえ——！

穣が心で毒づいていると、詩織がくるりとこちらを向いた。

「辻本も、基本はできてるね」

嗚呼《ああ》、なんでもこなせる自分がつらい。

「穣、楽しいね」

穣の心の声を知るわけもなく、宙彦が満面の笑みを向けてくる。

「うっせえよ！」

言い返したとき、視聴覚室の後ろの扉が開き、女子たちが戻ってきた。今日の女子たちは、ハーフパンツの上にパウという、ギャザーのたっぷり入ったスカートをはいている。

穣は一瞬眼を見張った。

トロピカルな花柄模様のパウスカートをまとえば、普段地味な理系女子たちも、なかなかに華やかだ。加えて、マヤが眼鏡を外していた。

黒目がちな眼と視線がぶつかり、穣は思わず胸を波打たせた。度の強い瓶底眼鏡は、本来のマヤのくるりとしたつぶらな瞳を随分小さく見せていたようだ。

「お帰りー」

詩織が「コウラ」のCDをとめる。

「どうだった?」

「東棟のガラス戸の前は、人もあんまり通らないから練習しやすいわ」

副会長の安瀬基子が淡々とした表情で頷いた。

「ねえ、アンゼ、どうだろう。せっかくだから、この辺で、女子のオテアを男子に見てもらわない?」

詩織が自分もパウスカートをはきながら、基子に声をかける。

「パウで?」

「とりあえずこれでいいよ。モレはまだ全員分できてないでしょう。イイはあるからさー」

穣には意味の分からない単語を交えてやり取りをしながら、詩織は棚をあけて、ビニールを裂いて作ったポンポンのようなものを取り出した。

さっさとポンポンを配り始めた詩織に気圧されたように、基子が肩をすくめる。

「一年、踊れる?」

基子の問いかけに、四人の女子が勢いよく頷いた。彼女たちの視線の先で、宙彦が笑顔で手を振っている。

「じゃあさ、男子、ちゃんと見ててね」

詩織がストップさせたままだった、オテアのDVDをスタートさせた。

テンテンテンテ テンテンテ テンテ……

先の悠長なハワイアンとは打って変わり、トエレの力強く軽快なリズムが響き渡る。

その刹那。

キェアアアアーアー―ッ！

甲高い鳥の鳴き声のような雄叫《おたけ》びが、視聴覚室の空気を切り裂いた。

一列に並んだ女子たちが、腰ではいたパウスカートを激しく揺さぶり、手にしたポンポンを振り回しながら、小刻みに移動していく。

中心に立った詩織がポンポンをくるくると回転させ、華麗なステップを踏む。

それまで普通に会話をしていた詩織が、突如、見知らぬ人に見えた。

詩織も、基子も、そしてマヤも、見たことのない艶《あで》やかな笑みを口元に浮かべている。

同学年の女子たちが、急にダンサーの顔になっていた。

キィエエエーエー―ッ！

一体どこからこんな声を出しているのか。

ポンポンをくるりと回し、後ろ向きになると、激しく腰を左右に揺すり、前後に動く。

一列が二列になり、また一列に戻る。

一年生の女子たちにはまだぎこちないところがあるが、すでに一年間練習を積んできた詩織、基子、マヤの二年生トリオは、激しい腰の動きも、ポンポンをくるくる回転させる腕の動きもぴったり合っている。

再び甲高い奇声があがったとき、穣はハッとした。

声をあげているのは林マヤだ。

教室ではいつも深くうつむけている顔を上げ、真っ直ぐに前を見据えて鋭いかけ声を放っている。その声は、力強さと自信に満ち溢《あふ》れていた。

私を見て――!

そう叫んでいるようだった。

きびきびした動きも、晴れやかな表情も、普段のマヤからはとても考えられない。

穣は茫然《ぼうぜん》と、踊っている女子たちを眺めた。

ダンスって、こんなに人を変えるのか?

男子だらけの教室の中で、もじもじと小さくなっているマヤとはまるで別人だ。

あらためて前言撤回。個人的に可愛いのではない。

林マヤは本当に可愛い。

色白の顔を紅潮させ、少しだけ茶色っぽいボブの髪を乱して生き生きと踊っている姿は、実に魅力的だ。

詩織も、基子も一年生たちも、きらきら輝いて見えた。

宙彦と大河と健一も、魅了されたように息を凝らしている。
穣は心でひとつため息をついた。
もしかしたら、オテアって、フラって──。
悔しいけれど、かっこいい。かも。

# 風

長いホームルームがようやく終わると、穣《ゆたか》はスクールバッグを肩にひっかけ、宙彦《おきひこ》と共に廊下に飛び出した。今日は風が強く、渡り廊下の窓ががたがたと鳴っている。

「雨、降るのかな」

厚い雲に覆われた空を、宙彦が不安そうに見上げた。

「どうだろうな。天気予報ではなにも言ってなかったけど」

四月に入った当初はやたらと暑かったが、ここ数日、気温が低い日が続いている。今日も帰りは下校時刻ぎりぎりになるだろうから、そのとき雨が降っていたら少しばかり厄介だ。

帰宅部になったはずだったのに、今や穣は一年生のときより忙しい。

慰問があるゴールデンウィークは目と鼻の先だ。

毎日放課後、三時間。視聴覚室や渡り廊下のガラス戸の前で、穣は宙彦や一年生コンビたちとみっちりステップを踏んでいた。

フラの基本は、ツーステップのカホロ、足先を四十五度前に出すヘラ、つま先立ちのステップが入るウヴェへ。これらを応用したレレウヴェへ、カラカウアなどがある。オテアの膝を開閉させる動きはパオティ。腰を小刻みに動かすのはファーラップ。

最初はこうした名前を覚えるだけで大変だった。

視聴覚室の扉をあけると、すでに大河と健一が一年生女子たちとスクワットをしていた。

しゃがんで指先で床にタッチし、全身を伸ばしながらその指先を今度は天井に思い切り突き上げる。顧問の木原唯が考案したというスクワットは、なかなかきつい。

「十八、十九、二十!」

声をそろえて指先を天井に突き上げると、女子たちは悲鳴をあげて床に倒れこんだ。大河も額の汗をぬぐい、健一は声もなくうずくまる。

スクワットの次は、二人一組になっての柔軟体操が始まった。

穣はこれまで、一部の女子たちが視聴覚室でこんなに本格的な運動をしていることをまったく知らなかった。本当なら体育館を使いたいところなのだろうが、体育館はバスケ部やバレーボール部に占拠されている。

ただでさえ圧倒的に男子優位のこの学校で、今は産休に入っている木原顧問の下、彼女たちはひっそりと、しかし確実に、ここまで本格的なフラダンスを練習してきたらしい。

「あ、待ってたよー！」

部屋の隅で作業していた詩織が顔を上げた。

寄せ集めた机の上で、詩織は基子と並んでビニール紐を細く裂いている。オテアで使うポンポン――ハンドタッセルを作っているのだ。このハンドタッセルは、ハワイの言葉でイイと呼ばれる。本来、イイは南国の植物を細く裂いて作るのだが、詩織たちはもっぱら百円ショップで買ってきたビニール紐を代用していた。消耗品に会費をかけるわけにはいかないというのが、詩織の弁だ。

さりげなく見回したところ、マヤはまだきていないようだった。

「今日は後で、男女合わせてフォーメーションを確認するから、しっかり仕上げてよね」

「へいへい」

詩織の横柄な命令口調にも、随分慣れてしまった。

「あ、後、これ読んどいて」

スクールバッグを床に置いた途端、一冊の本を突きつけられる。

「そろそろ男子も、こういうの読んでおいたほうがいいだろうってアンゼが」

受け取ってみると、ハワイの歴史書だった。

「フラの歴史が分かったほうが、今後、踊りやすいんじゃないかって」

詩織の言葉に、ビニール紐を裂いている安瀬基子が軽く顎を引いてみせる。

なんでも勢いで進めようとする詩織とは違い、副会長の基子は理論を重んじるタイプのようだった。

「分かった。休憩中に読んどくよ」

頷いた穣の耳元で「ざっとでいいからね。それより、ステップ仕上げてよ」と、詩織が囁く。

どうやら会長と副会長の意見は、完全に合致しているわけではないようだ。

「はいはーい。じゃあ女子は、また、東棟の渡り廊下に移動しましょう」

作りかけのイィを棚に仕舞いながら、詩織が手を叩く。一年女子たちは、名残惜しそうに宙彦を見ながら立ち上がった。

女子たちが廊下に出ていくと、視聴覚室には穣たち男子だけが残された。

「よし、じゃあ、俺たちもやるか」

一年生コンビの柔軟体操が終わるのを待ってから、穣はオテアのDVDをセットした。

テンテンテンテ　テテンテ　テンテ……

トエレの軽快なリズムが響き始めると、自然に足が動き出す。もう全員、画面を見なくても動けるようになっていた。

産休中の顧問からの言付けを頼りに、詩織と基子が侃々諤々《かんかんがくがく》でフォーメーションを考えた結果、前列の穣と宙彦、後列の大河と健一で、膝の開閉速度を変えることになった。

穣たちが前で踊っている間、健一たちはパオティの速度を少し緩くする。全員がばらばらになるより、そのほうが見栄えがよいだろうという判断だった。

ただし、片足でけんけんと跳ねながら対角線に動くところは、四人全員が動きを合わせなければならない。

最初に比べれば、たった十日間ほどで、健一も大河もよくついてこられるようになっていた。特に健一は、一年女子たちと一緒に昼休みにもスクワットの特訓をしていたらしい。

つま先立ちで激しく膝を開閉させていると、たった五分程度でも胸元に汗が湧く。

「ヘイ！」

トエレのリズムの転調と共に、かけ声をあげて、片足でリズムを刻む。

「ヘイ！　ヘイ！　ヘイ！」

中腰で水平に腕を伸ばし、片足で跳ねながら対角線上に移動する。そして今度は反対の足で、元いた位置へ戻る。

「薄葉、遅れてる！」

バランスを崩した健一がもたつき、フォーメーションが乱れた。大河も逆の足を出している。

本番ではここに螺旋《らせん》を描くように女子たちが入ってくる。誰かが遅れると、大きくフォーメーションが崩れてしまう。

「それじゃ、女子とぶつかるぞ」

穣は声を張りあげた。

健一も頭では分かってはいるのだろうが、どうしても足がついてこられない。それでも懸命にステップを踏み続けた。

膝を開閉させながら、健一と大河が前に出て腰を折る。

いよいよラストの大技だ。

穣と宙彦が背後から勢いよく駆け寄り、その背中に手を突き、馬跳びをして着地する。このとき両脚を空中で大きく開くのが、ポイントだ。

「うわっ！」

馬跳びをした途端、穣と宙彦の足がぶつかった。

勢い余って、台になっていた健一も大河も総崩れになる。

「ぎゃっ‼」

気づいたときには、顎から床に落ちていた。

とっさに手をついたからよかったものの、万一遅れたら、思いきり舌を嚙むところだった。すぐ横に落ちた宙彦も、肘を打ちつけ悶絶《もんぜつ》している。

途中のフォーメーションが崩れたことで、ラストに健一と大河の並ぶ位置が、狭くなっていたのだ。

「おい、大丈夫か」

前のめりに突っ伏している健一を助け起こし、穣は自らも頭を振った。頬の内側を嚙んだらしく、血の味がする。

ステップを覚えただけでは、オテアは完成しない。当初に比べれば大きく前進しているものの、未《いま》だに道のりは遠そうだ。

全員に大きな怪我《けが》がないことを確認してから、とりあえず、休憩することにした。

視聴覚室の床に、それぞれ腰を下ろす。詩織から「読んでおいて」と手渡された本を捜していると、ふいに背後から声をかけられた。

「先輩」

振り向けば、大河が自分のスクールバッグからなにかを取り出そうとしている。

「羊羹食います？」

一本丸のままの羊羹を突きつけられ、穣は絶句した。

「……いや、いらねえ」

「そすか」

大河はくるりと向きを変え、宙彦と健一相手にも同じ言葉を繰り返し、全員から断られると、無言で羊羹をむき、そのままむしゃむしゃ食べ始めた。

「体動かすと、甘いもの食べたくなるよね」

宙彦は朗らかに頷いているが、だからといって羊羹一本丸かじりはないだろう。

「夏目、お前、ここんところ、こっちに出ずっぱりだけど、柔道のほうはいいわけ？」

とても後輩とは思えない老け顔に尋ねれば、「問題ないっす」と、即答された。

「……ハ……ス」

床が擦《こす》れているのかと思ったら、健一がもぞもぞ口を動かしている。

「はあ？」

耳を寄せてよく聞けば、「大河は黒帯なんです」と言っていた。

「だから薄葉、お前さ、もっと声張れよ」

「ス……」

もう、いいや。

それにしても――。

穣は、豪快に羊羹をかじっている大河と、その横で膝を抱えてうつむいている健一を交互に眺めた。

この二人はどうしてわざわざフラ愛好会に入ってきたのだろう。元々フラをやっていたわけではないのは明らかだし、二人そろってダンスに向いているとも思えない。

そもそも、二人はどういう知り合いなのだろう。同じ専攻とはいえ、高校に入ってから意気投合したにしては、接点がなさすぎるように見える。だとしたら、中学が一緒だったのか、あるいは、もっと子供のときからの知り合いか。

穣は息を吐いて、手元の本に眼を落とした。

うかつな質問はできない。

以前なら気軽にできた質問が、今はできない。

中学までは、級友の出自は明白だったが、高校はいろいろなところから生徒が集まる。震災を経てから、自分たちはあまり相手の事情に踏みこむことができなくなった。

特に原発事故の被害の影響をそれほど受けなかった阿田市には、居住制限を受けている地域から多くの人たちが移住してきている。

はたからは〝FUKUSHIMA〟とひとくくりにされたりするが、実際福島に暮らす人たちが被った被害は、本当に様々だ。どこの町の出身か、どこに住んでいるのか、両親はなにをしているのか、以前なら気軽に聞き合えた質問を、同じ福島県に住む穣たちはできなくなっている。

互いの過去の重さの予測がつかないからだ。

ほとんど被害のなかった自分が気軽に問いかけたことが、相手を深く傷つけてしまう場合だってある。

こうした思いは物理的な復興とは違い、震災から五年たった今も、決して終わることがなかった。

「ところで穣、その本にはなにが書いてあるんだい？」

宙彦に声をかけられ、穣はなんとなくホッとした。震災とまったく関係のないシンガポールからやってきた宙彦と話すときは、余計な気を遣わなくて済む。

「フラの歴史だってさ。澤田が読んどけって」

本によれば、有名な「アロハ・オエ」を作曲したのは、ハワイ王朝の最後の王、リリウオカラニ女王だという。

「リリウオカラニは、悲劇の女王としてよく知られている。なぜなら十九世紀末、彼女が統治していたハワイ王朝が、白人のクーデターにより、転覆されてしまったからだ」

穣が本を読みあげると、大河と健一も興味を引かれたように顔を上げた。

「さよなら、あなた」と訳される「アロハ・オエ」は、実は、奪われた国を思う、王女の嘆きの歌だという解釈があるらしい。

この説が真実ならば、「アロハ・オエ」が欧米向けに観光化されたフラダンスショーに盛んに使われている現状は皮肉なものだ。

そして現在のハワイでは、欧米化されたアウアナを、観光客向けの〝ショー〟ではなく、本来のハワイアンの文化として取り戻す動きや、かつて男性のみが踊っていた宗教儀式としての古典フラ、カヒコの復興などの動きが主流になっているらしい。

なるほど。フラが本来男の踊りだと語った詩織の言葉に嘘はないらしい。

正装の堂々としたリリウオカラニ女王の写真の横に、ハワイ語の「アロハ・オエ」とそれを英訳した「Farewell to You」の歌詞が載っている。

「ほら、柚月、出番だぞ。なんて書いてあるんだよ」

穣は英訳のページを開いて、宙彦に押しつけた。

ネイティブイングリッシュを操る宙彦なら、英訳から日本語訳をするのもお手のものだと思ったのだ。

ところがページを見るなり、宙彦は「あはは」と声をあげて笑った。

「嫌だな、穣。分かるわけないじゃないか。だって、これ、英語だよ」

「えっ⁉」

穣は思わず眼をむいた。

「だってお前、英語できるんじゃないの？」

「それを言ったら、穣だってできるでしょう。一応、授業で習ってるんだし」

穣が絶句していると、宙彦が指を差してきた。

「あ、もしかして、僕がシンガポール帰りだから英語喋《しゃべ》れると思ってたんだ。ザンネーン。インターナショナルスクールっていっても、僕のクラス、日本人と中国人ばっかりだったし」

「だってお前、平気でナンセンスだの、エクセレントだの、言ってんじゃん」

「だから、あんなもんだって。シンガポールって多民族国家だから、共通語が英語っていっても、簡単な単語だけ喋ってれば、街中《まちなか》ではどうにでもなるんだよ」

こ、こいつ――。

ケラケラ笑っている宙彦を見ていると、穰はだんだんむかっ腹がたってきた。

「穰も結構単純だねぇ。でも、中国語なら少しは喋れるよ。ニーハオマ？」

「うるせぇ！」

穰が宙彦に殴りかかったちょうどそのとき、後ろの扉があいて、紙袋を持ったマヤが視聴覚室に入ってきた。

あわてて離れれば、宙彦がマヤに向けて親指を突き立てる。

「マヤ君、ナイスタイミーング！」

こいつ、絶対、いつか殴ってやる。

「ちょうどよかった。今、休憩中？」

穰と宙彦の騒動には無頓着に、マヤが紙袋を持ったまま近づいてきた。

「よかったら、採寸だけさせてくれる？」

「採寸？」

聞き返した穣に、マヤは紙袋の中から巻き尺を取り出してみせる。

「本番の衣装。今回は私が作るから」

衣装――？

「っていっても……」

マヤの声をかき消すように再び扉があき、詩織を先頭にした女子たちがどやどやと帰ってきた。こちらも相当頑張ってステップを踏んでいたらしく、全員上気した顔をしている。

「あ、マヤヤ、買い出し、サンキュー。雨降ってなかった？」

「一応降られなかったけど、雲行きは結構危険」

マヤが紙袋を机の上に置いた。

「そっかー、大変だったね。いつもありがとう。辻本、どう？　女子と合わせられそう？」

マヤをねぎらってから、詩織は穣のほうに顔を向ける。穣が宙彦たちを見やると、とりあえず全員が頷いた。

「よし！　じゃ、ちょっと休憩挟んで、今日は最後まで全員で合わせるよー」

詩織の号令に、一年女子が手を取り合って小さな歓声をあげる。彼女たちの視線の先では、宙彦がにこやかに手を振っていた。

下校時刻ぎりぎりまでフォーメーションの確認をし、教室に戻ってきたときには、穣も宙彦もマヤもくたくたになっていた。

優雅な腰振りダンスだとばかり思っていたフラが、こんなにも体力を使うものだったとは。

リズムの激しいオテアだけではなく、ゆったりとしたメロディにのせて踊るフラ・アウアナも、絶えず中腰を強いられるため、踊り終わる頃には太腿がパンパンになる。

「あ、ついに降ってきちゃった」

マヤの声に窓の外に眼をやれば、横殴りの雨がガラスを叩き始めていた。

「でも私、置き傘持ってるよ。途中までなら入れてあげる」

マヤが机の中から、花柄の折りたたみ傘を取り出した。小さな傘に、三人入るのは無理だろう。第一、相合傘なんて――。

穣の頬に血が上る。

「いいよ、俺、自転車だから」

そう言って勢いよく教室を出ていこうとした途端、がっちりと肩をつかまれた。振り向けば、宙彦の妙に澄んだ眼差しが眼に入る。

「NONSENSE！　ここは一緒にいくべきだよ、穣」

耳元で囁かれ、穣は眼を丸くした。

「マヤ君、穣を入れてあげてくれたまえ。僕を待ってる傘はたくさんあるから」

「な、なに言って……」

あわてふためく穣をまったく意に介さず、「そうだねぇ」と、マヤがおっとりした声をあげる。

「柚月君は、いつも校門のところでファンがいっぱい待ってるもんね」

はあ――？

マヤのどこか調子外れの受け答えに呆気にとられているうちに、宙彦はウインクを残して教室を飛び出ていってしまった。

「じゃ、いこっか」

帰り支度を終えたマヤが、にっこり微笑む。

その声の自然さに、気づくと穣は頷いていた。

「あのさ……」

昇降口まで一緒に下りてから、穣はマヤに尋ねてみた。

「澤田とかと一緒でなくていいの？」

「んー、シオリンは今日顧問のところにいくって言ってたし、アンゼはクラブ活動以外はひとりでいたいみたい。それにみんな、家の方向違うから」

マヤたちが意外に淡々と付き合っているらしいことに、穣は少し驚いた。

女同士って、もっとべったりしているのかと思っていた。これなら、互いの行動をなんとなく監視し合っていた水泳部のほうが、よっぽど窮屈なくらいだ。

それにしても、詩織は随分と頻繁に、産休中の顧問のもとを訪れているようだ。なにか特別な関係でもあるのだろうか。

「辻本君て、家、どの辺？」

穣が詩織と顧問について聞いてみようとした矢先、マヤが小首をかしげた。その顔に、少し不安そうな表情が浮かんでいる。

聞きづらいことを先に口にさせてしまった。

「俺は中地区」

できるだけあっさり答えれば、マヤは安堵したように微笑んだ。中地区は内陸で、被害が少ないことを悟ったのだろう。

「あ、じゃ、バス停までは一緒だね。私、浜地区」

だがマヤの言葉に、穣はどきりとした。浜地区は、沿岸でも特に海に近い地域だ。

「え、じゃあ、地震のとき、大変だったんじゃ……」

「うん。浸水とかはしたけどね。でも、今はもう大丈夫。家族もみんな、無事だったし」

その返答に、穣は胸を撫《な》で下ろす。

家があるのか、家族が健在なのか、以前なら当たり前に思っていたことをなかなか口にできない自分たちの現状を、あらためて感じずにいられない。

雨が降りしきる校庭には、ほとんど人影が見えなかった。

「俺が持つよ」

傘の柄をつかみ、穣はそれをできるだけマヤに傾ける。校庭にでき始めた水たまりをよけながら歩いていくと、マヤがぽつりと呟くように言った。

「ただね、ジョンが……、飼ってた犬がいなくなっちゃったの」

穣は自分の肩の近くにある、マヤの横顔を見下ろした。分厚い眼鏡の奥で、長い睫《まつ》毛《げ》がかすかに震えている。

震災から一週間後、家に戻ってみると、玄関や庭先が滅茶苦茶になっていた。家の中も泥まみれになっていたそうだ。

そして――。かろうじて犬小屋の原型は残っていたのに、どれだけ捜しても、犬の姿はどこにもなかった。

「私、そのとき、少しホッとしたの。避難所にいる間も、ずっと、ジョンを置いてきちゃったことが気がかりで、心配で心配で、夜も寝られなかったんだけど、もしかしたら、自分で逃げてくれたんじゃないかって」

そこまで話すと、マヤはふと口をつぐんだ。

「……そんなこと、あるわけないのにね」

完全に独り言の口調だった。

穣はなにも言えなかった。

ただ、マヤが濡れないよう、傘を傾け、マヤの歩調に合わせてできるだけゆっくりと歩いた。

「でも、男子、結構上達したよね」

ふいにマヤが顔を上げる。いつもの穏やかな笑みが浮かんでいた。

「まあな。力技だけどな」

穣も努めて自然な声を出す。それからはたわいのないことを話しながら、バス停までの道を歩いた。

雨が巻き上げる土の匂いの中に、時折、マヤの髪が甘く香る。

女子と密着して歩いている現実に、穣は密かに鼓動を速まらせた。

少し前の自分なら、マヤとこんなふうに話すことになるとは想像もしていなかっただろう。

妙な噂《うわさ》をたてられるとか、クラスでの立ち位置が面倒なことになるとか、そんなことばかり考えて、本当は心惹《ひ》かれるものからもあえて眼をそらしていた。

不思議だった。

今なら、こうしてマヤと二人で歩いているところを誰に見られても、平然としていられる気がする。

ふと、突然自分の前に立ちはだかった詩織の強気な眼差しと、なにをいっても肯定的にしか受け取らない宙彦の天真爛漫な笑みが同時に浮かんだ。

自分でも気づかなかった見えない壁を、究極に空気を読まない非日常コンビがやすやすとぶち破り、そこから新しい風が吹いてくる。

眼をそらし続けなくてよかった。

強い風に吹きつけられながらも、今は率直にそう思う。

自分のかたわらで、マヤが肩の力を抜いているのが嬉しい。

それに――。

つらい気持ちを少しだけ打ち明けてくれた。なにひとつ、慰めなんて言えなかったけれど。

それでも、また一歩、距離が縮まった気がした。

# フラ男子デビュー

寒い。いくらなんでも寒すぎる。

雨ざらしの軒下で、穣《ゆたか》は宙彦《おきひこ》たちと肩を寄せ合って震えていた。

ついに、穣たちが初めて参加する慰問の日がやってきた。

ケアサービスセンター阿田は、ショートステイやディケアを含め、随時百名近いお年寄りが在籍している介護老人保健施設だ。

普段は談話室として使用されている、天井の高いホールが今回の舞台だと聞かされていたが、〝楽屋〟として男子にあてがわれたのは、駐車場に面したホールの裏口だった。

今年のゴールデンウィークは異常だ。五月に入ったというのに、今日の気温は三月の上旬並みだと天気予報で言っていた。あの妙に暑かった四月は一体なんだったのだろう。山沿いでは、雪がちらついた場所まであるという。

おまけに——。自分たちのこの格好。

穣は裸の腕を抱え、雨が降りしきる駐車場をにらみつける。

〝そんなの、体が目当てに決まってるっしょ！〟

堂々と告げてきた、詩織の声が甦る。

あのときは、なんという恥知らずな女かと思ったが、要するに、こういうことだったとは。

そもそも、マヤが採寸していたときにおかしいと察するべきだった。

オテアの練習の休憩中に、マヤが採寸したのは、二の腕回り、腰回り、膝回りの三点だけだった。肩幅とか胸幅とか胴の長さとかを測らなくていいのかと、うすうす疑問に感じてはいたのだが。

先程、吹きさらしの駐車場で詩織から渡されたのは、ただのビニールの紐をたばねたものだった。

「これ、女子が持つイイじゃねえの？」

ポンポンにしては長いなと思いながら鮮やかな緑色のビニールを手に取った穣に、
詩織は腰に手を当てて宣言した。

「バカね。それが男子の衣装だから。これはイイじゃなくて、モレっていうの。今回は時間がなかったから私とマヤで作ったけど、これからはこういうのも自分たちで作ってよね」

腕、腰、膝に取り付ける、緑色のビニールを裂いて作ったひらひら。本来はこちらも植物を裂いて作るらしいが、製作費削減のため、ビニールで代用したらしい。短パンをはいただけの素肌に、これを巻きつけて舞台に立てという。

「おい、ちょっと、待て！」

確かに、ＤＶＤでは屈強な男たちが半裸で踊ってはいたが、それを自分たち日本人の高校生が踏襲するのはハードルが高すぎる。

「大丈夫よ。辻本は今まで海パン一丁で部活してきたんでしょ。柚月君も意外に細マッチョだし、夏目君は言うまでもない立派なガタいだし、薄葉君にもちゃんと手を打っておいたから」

穣の抗議に耳を貸さず、詩織はさっさと屋内の女子用楽屋に、引き揚げていってしまった。

くそう、あの女――。

長い髪をひるがえし、澄まして去っていった後ろ姿を思い返すと、今でもむかっ腹がたってくる。

降りこんでくる雨に肩をすくめ、穣は足踏みした。

いくら自分が元水泳部だからといって、吹きさらしの駐車場に面した軒下で、喜んでパンツ一丁になるほど酔狂ではない。腕や膝に取り付けたふさふさの形が崩れるからと、この寒空の下、ジャンパーすら羽織れないとは、もはや虐待だ。

元々ひ弱な健一に至っては、唇を紫色に染めている。

その健一の貧弱な体に対し詩織が打った手というのは、全身に濃い色のファンデーションを塗りたくるという、実に付け焼刃なものだった。「これでもう大丈夫」と、詩織だけが得意げだったが、当の健一は、なすすべもなくうなだれていた。

ぶるぶる肩を震わせている健一の姿を見やれば、痩せた手足が枯れ枝のような色になり、なんだか瀕死のナナフシのようだ。

「おい、お前たち、大丈夫か。もうすぐ出番だぞ」

そこへ、傘を差した花村が、陰気な表情でやってきた。

この日の引率に、顧問代理として担任の花村が現れたとき、穣は心底驚いた。穣や宙彦の視線に、「木原先生が立ち上げたフラ愛好会の理念には、僕も賛成なんだ」と、花村はぶつぶつ呟くように言っていた。

その割には、今の今まで一度も視聴覚室に現れなかったわけだが。

「今日は客席に、木原先生もきてくれてる。しっかり頑張れよ」

コートの上からマフラーまで巻いたぬくぬくした格好で、なんにもしてない人間が偉そうに言ってんじゃねえ。

「いよいよだね、穣」

鼻白む穣のかたわらで、宙彦がわくわくした声をあげた。

どこまでも朗らかな眼差しに、穣は内心感服する。天真爛漫の力は凄い。ひとりでカリカリしているのが、バカバカしくなってくる。

それに、結局ここまできてしまったのだ。

この際、覚悟を決めるついでに、ひとつ、リーダー格らしいことでも言ってみるか。

「よし、落ち着いていこう。練習通りにやれば大丈夫だ」

穣の声がけに、大河と健一がぱっと顔を上げた。大河のオッサン顔にまで、安堵の色が広がったことに、穣のほうが驚いてしまう。

自分のひと言に、一年生コンビがこんなに反応するとは思わなかった。

「時間だぞ」

腕時計を見ながら、花村が鉄扉を押しあけた。

高い天井のホールの前方に、即席であつらえられたステージがある。ちょうど「ブルー・ハワイ」を踊り終えた詩織たちが、拍手に送られながら反対側の出口へ退場していくところだった。

一番端にいた基子が、普段滅多に見せない満面の笑みで会場に向かって一礼し、ステージを降りたとき――。

テンテンテンテンテ　テテンテ　テンテ……

トエレの力強いリズムが鳴り響いた。

いくぞ――！

眼で合図を交わし、穣たちはいっせいにステージに駆け上がる。

その瞬間。

視界に飛びこんできた光景に、穣はハッと眼を見張った。

〝ようこそ、フラ男子〟

藍色の垂れ幕が、ホールの後方の壁にでかでかと貼ってあった。天井の高い会場は、お年寄りたちでいっぱいだ。車椅子に座った人や、腕に点滴の針を刺したままの人もいる。

その全員が、きらきらした眼差しでこちらを見ていた。

自ずと穣の足に力がこもった。

両腕を広げ、胸元で交差させ、高速で膝を開閉させながら移動する。

テンテンテ　テテン　テテン……

宙彦と動きを合わせ、軽快なリズムに乗って、ステージの床を踏みしめる。

下半身に力を入れ、上半身がぶれないよう、左右に腰を振り、前後に振り、横八の字に回し、縦八の字に回し、それから片脚を伸ばしてバレエのように回転する。

再び、膝を開閉するパオティに戻り、宙彦と共に小刻みに前後に移動する。

動くたびに腕と膝の房がゆさゆさと揺れ、本当に色鮮やかな羽の鳥にでもなったようだ。

いつしか冷えていた体が温まり、額に汗がにじみ始めた。

「ヘイ！」

声を合わせて腕を頭上に振り上げる。肘を曲げ、拳を頭上に固定し、脇から背後をのぞきこむ。その間も、休まずパオティをし続ける。

激しい動きに、宙彦が膝につけているビニールの紐が、幾筋かステージの上に散った。背後の一年生の息も荒い。

頑張れ——！

心に念じながら、穣も歯を食いしばり、つま先立ちで膝を開閉し続けた。

トエレのリズムが転調し、いよいよ、ダイナミックなフォーメーションに入る。

「ヘイ！」

穣のかけ声を合図に、全員が両腕を大きく広げ、片足でけんけんと飛び跳ねた。

最初は前後に分かれて。次は対角線上に移動する。

「ヘイ！　ヘイ！　ヘイヘイヘイ！」

全員の声が、高い天井に木霊する。

いいぞ。

飛び跳ねながらすれ違う。一年生もよくついてきている。

穣たちに代わり、一年生コンビが前に出ようとした矢先、ステージ上に落ちたビニール紐に足を取られ、健一がずでんと派手に尻餅をついた。

会場内の空気が揺れる。

だが健一はすぐさま立ち上がり、果敢にフォーメーションについてきた。

前列の白髪のおばあさんたちが、拍手で健一を讃えている。

再び穣たちが前列に立ったそのとき。

キィイイイェアアアアアーッ！

マヤの放つ鋭いかけ声とともに、鮮やかな黄色のイイを手にした詩織たちが、激しく腰を揺すりながら、舞台袖から登場した。

タンポポのようなイイをくるくると回転させ、橙《だいだい》色の腰蓑《モレ》をゆさゆさと揺すり、小刻みなステップで、飛び跳ねる穣たちの間に、水のように流れこんでくる。

豪快に飛び跳ねる穣たちが南国の鮮やかな鳥なら、小刻みなステップで揺れる詩織たちは、軽やかな蝶々《ちょうちょう》だ。

自分たちの間を縫っていく女子たちの姿に眼をやり、穣は一瞬息を呑んだ。

半裸で踊っているのは、なにも男子だけではない。

鮮やかなイイやモレにばかり気を取られていたが、深紅のハイビスカスを髪に挿し、プルメリアのレイを首から提げた詩織たちは、上半身にココナッツのブラしかつけていなかった。

本気なんだ。

照れより、好奇心より、なにより先に、そう感じた。

穣の足に、一層の力がこもる。

詩織たち女子は、本気でフラをやっている。ならば、自分たち男子もそれに応えないわけにはいかない。

かたわらの宙彦も、ウェーブのかかった髪を乱し、汗を振り飛ばしている。

キィイイイァアアアアアーッ!

再びマヤの気合の入ったかけ声が響き渡った。

前になり後ろになり、激しく行き交う穣たちの間を縫って、詩織たちが軽やかに滑るようにステップを踏んでいく。息のぴったり合った二年生トリオに比べれば、一年生女子たちはややばらついているが、それでも精いっぱいの笑みを浮かべて懸命にステップを踏んでいる。

詩織が一歩前に出た。

長い黒髪を揺らし、艶やかな笑みをたたえ、ひときわ見事なステップを披露する。

そこにいつもの小憎らしい詩織はいない。南国の鮮やかな花々の間を飛び回る蝶々の化身が、見えない鱗粉《りんぷん》を辺りいっぱいに撒《ま》き散らす。

やがて、詩織たちは一列になり、イイを頭上に掲げて舞台の後方に下がり始めた。

大きなステップで、今度は健一と大河が前に出る。

ついにラストの大技だ。

かがんだ健一の背中を目指し、穣は助走をつけて飛び出した。

背骨の突き出た痩せた背中に手をついた途端、ずるっと指先が滑った。

わっ――！

あせって体勢を整えようとしたが、時すでに遅し。

かたわらの宙彦が、空中でぱっと脚を開いているのを横目に、穣は健一ともども、もろ崩れになっていった。

汗で溶けだしたファンデーションが、油のようになっていたのだ。

宙彦が見事に着地した隣で、穣と健一は凄《すさ》まじい音をたてて舞台の上につぶれ伏した。

し、しまった――。

誤魔化しようのない大失敗に、穣は全身から血の気が引いた。自分の体の下で、健一も完全に固まっている。

しかし。

一瞬の沈黙の後、割れんばかりの拍手が鳴り響いた。

恐る恐る顔を上げれば、前列の白髪のおばあさんたちも、その後ろのおじいさんたちも、点滴の針を腕に刺した車椅子の人たちまでもが、盛んに手を叩いてくれている。

穣は立ち上がると、健一を助け起こした。

自分たちに向けられたお年寄りたちの笑顔に、皮肉の色は一滴もない。誰もが心からの拍手を、惜しみなく送ってくれていた。

温かな拍手はいつまでも鳴りやまない。

詩織たちと並び、全員で頭を下げれば、一層拍手が高まった。

〝ようこそ、フラ男子〟

会場の奥の壁の垂れ幕が、再び眼に入る。穣は、密かに胸の奥が熱くなるのを感じた。

いつの間にか自分たちの熱気で、四方の窓が真っ白に曇っていた。


「かんぱーい！」

詩織の音頭で、コーラやウーロン茶の入ったコップをカチカチとぶつけ合う。

冷えたコーラを一気に飲み干すと、遅れてこめかみの辺りがジンと痛んだ。

穣たち男子が初めて参加した慰問の打ち上げは、大河の強い希望により、「夏目食堂」で行なわれることになった。

向かいの席に、大きなお腹《なか》の木原唯が座っている。

この日、穣はフラ愛好会の創立者にして顧問の唯と、初めてまともに顔を合わせた。

言われてみれば、健康診断や朝礼等で何度か姿を見たことはあったかもしれないが、普段養護室などに近寄らない穣にすれば、初対面に近い印象だった。

肩まである髪を額の真ん中で振り分けた唯は、小柄で色白の綺麗な人だった。

はち切れそうなお腹を見たとき、こんなふうに外出して大丈夫なのかと穣は驚いたが、詩織やマヤは平然とそれを触らせてもらったりしていた。

やがて、元気いっぱいの大河の母がちゃきちゃきと全員分のカツ丼を運んできてくれた。大河からこの日のことを聞き、ご馳走しようと待っていてくれたのだそうだ。

「すみません、こんなにたくさん」

恐縮しまくる唯に、大河の母は豪快な笑い声をあげた。

「いいのよ、いいのよ。うちの息子がダンスなんて、ハイカラで嬉しいじゃないの。それより、先生も今日はたくさん食べて、栄養つけていってちょうだいね」

大河の母は眼を細め、臨月間近の唯のお腹を眺める。

「楽しみねえ。予定日はいつなの？」

「今月末なんです。お腹が下がってきて、胃が圧迫されなくなったせいか、急に食欲が出てきちゃって」

「そうでしょう。お産は一大事だから、今のうちにたくさん食べて体力つけないとね」

まん丸のお腹がテーブルにつかえそうで、穣は内心はらはらしたが、唯たちは楽しげに話し続けていた。

「さあさ、みんなも熱いうちに食べてちょうだい」

大河の母に促され、穣たちは「いただきます！」と唱和して箸を取る。

「うーん、美味《おい》しい！　カツ丼って、日本人のソウルフードだよねぇ」

ひと口食べるなり、宙彦がうっとりとした声をあげた。

「あら、いいこと言ってくれるじゃない、このハンサムボーイ！」

すかさず大河の母が、宙彦の肩を叩きにいく。

穣もつられて箸を口に運んだ。甘辛い醬油《しょうゆ》の匂いが鼻孔をくすぐる。

ひと口かじると、さくさくの衣の下で、豚肉の旨みがじわっとしみ出した。唾液腺《だえきせん》が刺激され、顎の付け根がきゅうっと痛くなる。

本当に美味しいカツ丼だった。半熟の卵と、玉ねぎの甘みの絡みも申し分ない。

小松菜と油揚げの入った味噌汁《みそしる》も、出汁《だし》がきいていて丁寧な味がした。

こんなに美味しい料理を毎日食べていたら、大河の体が大きくなるのも当然だ。

その大河を見ると、自分の母親が宙彦を「町内一の色男」だの「絶世の美少年」だのとはやしたてているのも意に介さず、もりもり丼飯をかきこんでいる。別に照れ隠しをしているのではなく、もう本当に、カツ丼のことしか頭にないようだった。

その隣で、健一がちまちま箸を口に運んでいる。

健一に比べれば、詩織たち女子のほうが余程大胆だった。カツ丼なんて、男の食べ物だと敬遠するかと思いきや、全員、満面の笑みでわしわし食べている。

普段大人しいマヤまでが、箸の動きがとまらない。

「体動かした後だと、甘辛いものが嬉しいよね。それに豚肉には、疲労回復作用のあるビタミンBがたくさん含まれてるんだよ」

大河の母が厨房《ちゅうぼう》の奥に消えていくのを見送りながら、唯が養護教諭らしいことを口にした。

「カロリーは半端ないけどねー」

散々食べておいて憎まれ口を叩く詩織に、「こら!」と唯は拳固を落とす真似をする。

大河の実家でもある夏目食堂は、いかにも商店街で愛されている感じの大衆食堂だった。昼下がりに近い時間でも、途切れることなく客がやってくる。ひとりで日本酒を傾けている、初老の小父《おじ》さんもいた。

厨房では、ひと目で大河の父と分かる大柄な大将が、ねじり鉢巻きで包丁を握っている。

「男子、思った以上によかったよ」

ふいに声をかけられ、穣はハッとした。

「これなら、今後の振り付けも楽しみ。特にオテアは男子が入ると、バリエーションがぐっと豊富になるから」

切れ長の瞳を弓形にしならせ、唯が微笑んでいる。

「最後は失敗したけどねー」

すかさず詩織が、箸を振り回しながら茶々を入れてきた。

「もとはといえば、お前が薄葉の体に変なものを塗ったからだろうが」

「あー、そうやって、すぐ人のせいにするー」

「だって、そうだろうが。だいたい、お前、いっつも行き当たりばったり過ぎるんだよ」

「お前じゃなくて、澤田だからー」

やり合っていると、唯が声をたてて笑い出した。

穣がため息まじりに口をつぐめば、詩織がべえっと舌を出す。

蝶の精のように艶やかに踊っていたときとは、まるで別人だ。

だが、詩織がちゃかしてきたように、舞台の上でもろ崩れになったときは、自分でも万事休すと思った。まさか、あんな大失敗までが温かく受け入れられるとは想像もしなかった。

きっとそれは、木原唯が率いてきたアーヌエヌエ・オハナが、ケアセンターに集まるお年寄りたちと、これまでに築いてきた確かな関係性がそこにあったからこそだろう。

〝ようこそ、フラ男子〟

自分たちのために用意してくれていた垂れ幕や、車椅子に座って手を叩いていたお年寄りたちの姿を思い返すと、今も胸が熱くなる。

あの後もステージは大いに盛り上がった。

日本語歌詞のついたハワイアンミュージック「月の夜は」に合わせ、お年寄りたちを舞台に招いてみんなでフラダンスを踊ったのだ。

抜群にルックスのいい宙彦がどこへいっても大人気なのはもちろんだが、白髪のおばあさんたちの懐はそれ以上に深かった。平均的スポーツ男子の穣は元より、全身に塗りたくったファンデーションがはげかけ、ナナフシから瀕死のマダラカミキリのようになった健一や、達磨《だるま》のようにずんぐりしたオヤジ顔の大河まで、全員が等しく王子のように迎えられた。

詩織と一年生女子たちに手を取られたおじいさんたちも、心から楽し気にステップを踏んでいた。

踊れない車椅子の人たちには、マヤと基子がレイを首にかけて回った。

〝若い人たちの踊りは見ているだけで元気が出る〟

〝男子の踊りは迫力がある〟

〝元気をもらった〟

舞台を降りた穣たちに、お年寄りたちは次々と声をかけてきてくれた。

最初から最後まで、本当に温かい会だった。

「実は、知り合いのタウン誌の記者が、今日会場にきてくれてたんですけど、いい写真が撮れたって喜んでましたよ」

テーブルの隅っこで、ひとりだけビールを飲んでいた花村がおもむろに口を開く。

「花村先生も本当にありがとうね。連休中に」

「いいですよ。別に用事もないですし」

「私がいない間、いろいろ迷惑かけちゃうけど」

「いや、木原先生のされてきた活動には、僕も賛同してますし」

ちょっと、待て――。

今の今まで完全に存在を忘れていた担任と木原唯のやり取りに、穣は眼を丸くする。

まさかと思うけど。

もしかして、花村って、木原先生より年下なのか?

軽い口調で話す唯に、花村はずっと敬語を使っている。

「私がいない間、悪いけど生徒たちのことよろしくね」

「了解です」

どう聞いても、先輩と後輩の会話だ。

嘘だろ？　てっきり、くたびれたオッサンだとばかり思ってたのに。

あまりに凝視していると、眼が合ってしまった。

べったりした髪型と、曇った眼鏡と、下がった口角を差っ引けば、確かにこの人、結構若いのかもしれない。

驚くべき発見だった。

「大丈夫。唯先生がいない間は、会長の私がしっかりフォローするから！」

そこへ再び詩織がしゃしゃり出てきた。

「花村先生がなーんもしなくても、企業のスポンサーだって取ってみせますよー」

調子に乗る詩織の頭に、唯が「こら！」と今度は本当に拳固を落とす。

「痛っ」

頭を抱えながらも、詩織はますます嬉しそうな顔になった。

「でも、本当に私にまかせて、先生は安心して自分の家族を作ってよ」

「……ありがと、詩織」

なんだか、教師と生徒というより、仲のよい従姉妹《いとこ》同士を見ているようだ。

マヤはそんな二人をいつもの柔らかな眼差しで見つめているが、端の席に座った基子は無言で味噌汁をすすっていた。

「それと、唯先生、今年も申しこみしてくれた？」

だが次の詩織の言葉に、マヤも基子もハッとしたような顔をした。

「もちろんよ」

唯が請け合うと、二年生女子たちの表情がにわかに色めきだした。

大河や健一や一年生女子たちは、不思議そうに顔を見合わせる。

「はい、ここで、今年のアーヌエヌエ・オハナの目標を発表しまーす！」

椅子を引き、詩織がいきなり立ち上がった。

「今年もアーヌエヌエ・オハナは、フラガールズ甲子園《こうしえん》に出場します」

フラガールズ甲子園――？

穣も宙彦と視線を合わせる。

人差し指を天井に突き立て、詩織は高らかに宣言した。

「今年、我がアーヌエヌエ・オハナは男女混合フラで、フラガールズ甲子園での優勝を目指します！」

# ニュース

屋上に出る鉄扉を押しあけると、風に乗って潮の匂いが漂ってきた。

六月に入るなり一気に気温が上がった。フェンス越しに望む海が、強い日差しを反射してきらきらと輝いている。水平線の上にもこもこと湧き上がる雲は、すでに夏の到来を告げているようだ。

「お、いたいた」

一年生コンビの姿を見つけ、穣《ゆたか》は軽く手を上げる。

屋上の半分の面積に取り付けられている太陽光パネルのすぐ横で、体中にサンオイルを塗りまくった健一が痩せた背中を陽光にさらしていた。

詩織のファンデーション作戦に一度でこりた健一は、今では晴れた日にはこうして自発的に屋上で肌を焼くようになっていた。そのかたわらでは、待ちきれなかった様子の大河が、弁当箱をほとんど空にしている。

「結構いい色になってきたね」

穣の後に続いてやってきた宙彦《おきひこ》が、爽やかな笑みを浮かべた。ウェーブのかかった髪を軽く潮風になびかせた宙彦は、真っ白な夏服が嫌みなほどよく似合う。

宙彦の言葉通り、裸になると痛々しいほど生白かった健一の体は、日一日と健康的な色になってきているようだった。

「これならもう、あのろくでもない女に変なものを塗られなくて済むな」

穣が感心すると、すかさず宙彦に肩を叩かれた。

「ひどいな、穣は。詩織君はろくでもなくなんてないよ。素晴らしいご婦人じゃないか」

「お前なあ、その顔じゃなかったら、まじに現世じゃ受け入れられないぞ」

「嫌だな、照れるよ、穣」

「だから、ひとつもほめてねえって」

最近、穣たちは、昼の間も四人で集まってフォーメーションの確認をするようになっていた。日陰を探し、全員で腰を下ろす。

今月は、四回慰問の予定が入っている。毎週土曜日に、市内の特別養護老人ホームや保育園を巡る予定だ。

先月も、中間考査の前に合計三回の慰問をこなし、穣たち男子も徐々に人前で踊ることに慣れてきた。どこにいっても、フラ男子は大人気だった。

「まずは食っちゃうか」

穣が声をかけると、宙彦たちはそれぞれ弁当のナプキンを解き始めた。弁当箱を丸々ひとつ空にしている大河が、新たにお重を取り出した。

「あれ？　お前、もう食ったんじゃないの」

「いや、あれ、前菜だったんで」

「……あ、そう」

何度か一緒に昼を食べるうちに、実は毎日の弁当こそ、個性の原点なのではないかと穣は思うようになっていた。

宙彦の弁当は常に誰よりもきらびやかだ。この日も瓶に詰められた色とりどりの野菜のピクルスをみんなに振る舞っている。黄色いパプリカ、薄緑のセロリ、クリーム色のホワイトアスパラガス、深紅のビーツと、洒落《しゃれ》ていることこの上ない。切り口が星形のスターフルーツまで入っている。鶏肉の載ったご飯は、海南鶏飯《ハイナンジーファン》というシンガポールの名物らしい。

健一がちまちま食べているのはチーズとキュウリのサンドイッチ。こんなものだけで、放課後までもつのかと心配になる。

大河の二段式のお重は、一段目は唐揚げと焼き肉とチャーシュー、二段目はぎっしり詰まったそぼろご飯と、徹底的に肉押しの真っ茶色のものだ。

ちなみに穣の弁当は、玉子焼き、ホウレン草のおひたし、メンチカツがおかずの海《の》苔《り》弁という、極々スタンダードなものだった。冷凍のメンチカツがやや焦げているが、パート勤めの母が毎朝早起きして作ってくれているのだから文句は言えない。

弁当を半ば食べ終えたところで、穣はフォーメーションをメモ書きした紙を取り出した。

「問題は、二週目の保育園だよな」

紙の上に、四人の頭が集まる。

「保育園児が相手だと、いつもと同じような振り付けはまずいよな。ケアセンターと違ってホールもないし、お遊戯ルームとやらじゃ、あんまり派手な動きはできない」

穣が箸で保育園の見取り図を指し示すと、かたわらの宙彦がうんうんと頷いた。

「また穣が勢い余って、園児の中に突っこんだりしたら危ないしね」

「うっせえ」

だが宙彦の言葉はもっともだ。

詩織たち女子の優雅なフラ・アウアナなら綺麗なお姉さんとして受け入れられるだろうが、半裸の自分たちが力まかせにどすどす踊れば、怯えて泣き出す子もいるかもしれない。

デビューの打ち上げの後、穣は顧問の木原唯から、今後は慰問先に合わせて自分たちでも振り付けやフォーメーションを改善していくようにと告げられた。

「ここはひとつ、人気漫画のキャラクターのお面でもかぶったほうがいいかもしれないねぇ」

さも妙案といった調子で、宙彦が指を立てる。

「ジャパニメーションは、海外の子供たちの間でも無敵だよ。特に猫型ロボットと、嵐を呼ぶ幼稚園児はどこにいっても鉄板」

「却下」

穣はあっさり切り捨てた。

「なんでさ？」

「キャラクターショーじゃないんだぞ。だいたい半裸にお面なんて、へたしたら変態だ」

「じゃあ、戦隊ものとか」

「同じことだろうが。却下、却下！」

穣と宙彦が言い合っていると、健一がおずおずと手を挙げた。

「はい、薄葉」

「……ス」

「はい、もっと声張って」

「……抱き上げるとか、どうでしょうか。危なくない程度に……」

蚊の鳴くような声で告げられた案に、穣は宙彦と顔を見合わせた。

「いいねぇ！」

思わず同時に声をあげる。

普段から健一はあり得ないほど影が薄いが、決して消極的なわけではない。練習も熱心だし、時折、今のように建設的な意見も言う。

もっともその意見を、風の囁きとしか思えない音量でぼそぼそやられるので、聞き取るのに苦労をするのだが。

「子供ってそういうの好きだよね」

「だとしたら、この転調の次のステップで、ひとりひとり抱っこしようか」

「何人いるのか確認しないと」

「不公平はまずいよな」

宙彦と相談していると、今度は大河が「うすっ」と手を挙げる。

「はい、夏目」

「右から左へ、子供をリレーしていくのはどうすか」

ラグビーボールをパスするように、大河がぱっぱと手を動かした。

「いいねぇ！」

再び声を合わせれば、大河が「押忍っ」と脇を締める。

それからいくつかの確認事項をまとめると、だいたいのフォーメーションはまとまった。

「お年寄りたちと踊るのも楽しいけど、保育園の子たちに会うのも楽しみだねぇ」

宙彦が満面の笑みを浮かべた。

八十代のお年寄りたちと踊った翌週に、未就学の幼児を抱き上げることになる。

確かにフラ愛好会に入らなければ、こんなに幅広い年齢の人たちと触れ合うことはなかっただろう。

水泳部にいたなら、今頃は県大会に向けて、毎日水の中で己と戦っていたはずだ。

もちろん、それだって、充分に遣《や》り甲斐《がい》はあったと思うけれど。

ふと穣は、狭いとばかり思っていた世界が、ほんの少しだけ広がった気がした。

別にどこかに出ていかなくても、意外なところに世界を広げるヒントは隠れていたのかもしれない。

「さ、懸案事項は解決したから、次は最後までランチを楽しもう。最後のひと口をみんなで交換しようじゃないか」

弁当を食べきってしまおうとしていると、またしても宙彦が、突拍子もないことを言い出した。

「はあ? バカじゃねえの。なに、女子みたいなこと言ってんだ」

「OH NO! 美味しいものを分け合うのに、女子も男子も関係ないよ。人生もランチもとことん楽しむべきだね」

「うるせえな。弁当ごときでなにが人生だ。だいたい英語喋れないくせに、オーノーとか普通に言ってんじゃねえよ」

鼻白んだ穣に、宙彦はチッチと人差し指を横に振ってみせる。

「そういう考え方は、世界を狭くしてると思うね」

何気なく放たれたひと言に、穣は小さく息を呑んだ。

「神は細部に宿るっていうじゃないか」

しかも真っ白な夏服に映える圧倒的な美貌が、気取った台詞に必要以上の説得力を与える。

こいつ――。本当に、バカなのか利口なのか分からない。

先程心にかすかに抱いた感慨を的確に言葉にされた気がして、結局穣は口をつぐんだ。

一年生コンビは歓迎ムードで、早くも弁当箱を差し出そうとしている。散々小洒落たピクルスをご馳走になっていたこともあり、これ以上ごねるのも大人げない気がした。

「分かった、分かった」

穣のひと言で、全員が互いの弁当箱に箸をつけ始める。

「うーん、美味しい。穣の海苔弁は、JAPANESE―BENTOのSTANDARDだよね」

「だから、英語喋れないくせに、いちいち英語交じりになるな」

発音だけが、妙にネイティブ臭いところがますます詐欺だ。

「大河君のそぼろ飯はさすがだね。生姜《しょうが》が絶妙に効いてるところが素晴らしい。健一君のサンドイッチもさっぱりしてて、食欲がないときでも食べやすいね」

宙彦はそれぞれの弁当を本気で楽しんでいるようだった。率直な賞賛は、聞いていて悪い気がしない。

それに、宙彦のシンガポール風チキンライスも実にエキゾチックな美味しさだった。なんでも、鶏の煮汁で生米を炊きこむのだという。ご飯の上に載っている蒸し鶏も、しっとりとしていて柔らかい。

ただし、付け合わせにパクチーがたっぷり添えられているのが、穣からすればマイナスだった。

「あれ、穣、もしかしてパクチー食べられないの?」

パクチーを弁当箱の蓋の上に落としていると、宙彦が目ざとく指を差してくる。

「案外、お子様だねー」

「本当に、うるせえ奴だなぁ」

「でも、パクチーは食べたほうがいいよ。パクチーにはね、体から有害物質を排出する、キレート作用があるんだ」

「そう。キレートって蟹《かに》の鋏《はさみ》っていうラテン語からきた言葉なんだって。体内にたまっている余分な毒素を、挟んでつまみだしてくれるんだ」

宙彦の意外な知識に半ば感嘆していると、ふいに健一が箸を置いた。

「それって……」

普段の健一からは考えられないほど、しっかりした声が響く。

「やっぱりここが、福島だからですか」

一瞬、辺りがしんとした。

かたわらの大河も驚いたように咀嚼《そしゃく》をやめる。

全員の注目を浴びながらも、健一は視線を伏せることがなかった。青褪《あおざ》めた表情で、宙彦をじっと見据えている。

「それは、違うよ」

宙彦が柔らかな笑みを浮かべた。

「パクチーはシンガポールにいたときからずっと食べてる。今でこそシンガポールは衛生的な大都会だけど、東南アジアでは結構最近まで、普通に食中毒とかあったみたいだし。でも僕の両親がパクチーを食べるように口うるさく言うのは、今じゃどこの国の食べ物にも、防腐剤や添加物がたくさん使われているからだと思う」

確かに、コンビニやスーパーの総菜のパックをひっくり返すと、原材料名にはびっくりするほどたくさんの添加物の名前が列挙されている。

「それが一体どんなものなのか、素人の僕らには想像もつかないよね。大丈夫ですって言われてるから、平気で食べているだけで」

聞いているうちに、穣はなんだか胸がドキドキしてきた。

それって、なにかに似ている。

眼に見えないけれど確実に体に悪くて、けれどそれが今後どういう形で現れるかは誰にも分からない。

「だからといって、防腐剤や添加物のなかった頃の人類が安全だったかっていわれれば、そうもいえない。腐敗した食べ物で中毒を起こして死んだ人もいただろうし、保存がきかないせいで、食糧不足も頻繁に起きただろうし」

元々はそうした事態を解決するために、防腐剤や添加物が開発されたのに違いない。だけど。

穣は小さく口元を引きしめた。

もしそれが、利潤の追求のために、過剰に用いられているのだとしたら――。

「でも、ごめん」

静まり返っている穣たちを見回し、宙彦は頭を下げた。

「本当のこと言うと、キレート作用って、確実に効果が立証されているものではないんだ。そんなの気休めだっていう人もたくさんいる」

宙彦が黙ると、校庭から歓声が聞こえた。

校庭では夏服の生徒たちが、フットサルに興じている。

春先にひょろひょろしていた植えられたばかりの若木も、夏に向け、旺盛な新緑を茂らせていた。

気まずい沈黙を破るように、穣は弁当箱の蓋に取り分けていたパクチーを箸でつまみ、勢いよく口の中に放りこんだ。独特の強い香りが鼻に抜けていく。

「要するに、リスクがあるのは福島に限ったことじゃねえって話だろ」

咀嚼しながら、穣ははっきりと言った。

もちろんすべてが同じというわけではない。

でもだからこそ、基準値のデータが公表されているにもかかわらず、福島というだけですべての地域が極端に危ぶまれ続けるのもおかしい。

「穣！」

突然宙彦が感極まった声をあげた。

「僕が言いたかったのは、まさにそのことだよ」

「わっ！　なんでお前は一々抱きつくんだよ……！」

覆いかぶさってきた宙彦と揉《も》み合っていると、いきなり、バターンと派手な音をたてて鉄扉があいた。

全員が呆気に取られた瞬間、鉄扉の向こうから、詩織がひょっこり顔をのぞかせる。

「あーっ、やっぱここにいた……」

長い黒髪を風にあおられながら、詩織は眼を丸くした。

「って、もしかして、お邪魔だったかしら」

んなわけねーだろ！

穣はあわてて宙彦を振り払う。

まったく、最悪だ。パクチー、まずいし。

「いいニュースが二つあるのよ！」

舌打ちする穣には構わず、詩織はずかずか近づいてくるなり、一冊のタウン誌を突き出した。

「まずはこれを見てちょうだいよ」

付箋の貼ってあるページをめくった途端、見開きの記事が眼に飛びこんできた。

「あ！」

〝フラ男子、参上！〟

思わず全員の口から短い歓声があがる。

大見出しの下、ケアサービスセンター阿田を慰問した際のオテアの写真がでかでかと掲載されていた。

穣も、大河も、健一も、みんな真剣ないい顔をしている。

そしてなぜか、宙彦だけが、カメラ目線の爽やかすぎる笑顔だ。

しかも次のページのひとコマは、宙彦のみのどアップだった。こちらもアイドル並みにあざとい決め顔だった。

この記事をきっかけに、地元の生命保険会社からスポンサーの申し出が入ったという。

「これで、フラガールズ甲子園での衣装の予算獲得は完璧よ。もうビニールじゃなくて、男子も女子も本格的な腰蓑《モレ》を用意できるわよ！」

口に手を当て、詩織が高笑いする。

「見てくれだけで、柚月君をスカウトした甲斐があったわ」

本人を眼の前に、清々しいほどに明け透けだ。

「そうそう。もうそろそろフラガールズ甲子園から、課題曲のＤＶＤがくるからね。しっかり練習しなさいよね」

挙句の果てに、穣の背中を叩きのめす。

「いってえなぁ」

穣は顔をしかめたが、笑いのとまらない詩織にはなにを言っても無駄だった。

文部科学大臣杯争奪、全国高等学校フラ・タヒチアン競技大会。

通称、フラガールズ甲子園――。

福島の常磐《じょうばん》地方は、実は日本で初めてフラガールが誕生した地域なのだそうだ。それを記念し、毎年八月、全国の高校生を対象にコンテスト形式で大会が行なわれていることを、穣は先日の打ち上げの席で初めて知った。

一日目は、フラダンス。二日目はタヒチアンダンスのオテアで、全国の高校生がパフォーマンスを競い合う。

上位入賞校は、ハワイをテーマにした老舗アミューズメント施設のエキシビションショーに出演することができ、このアミューズメント施設の舞台を踏むことが、全国のフラガールたちの夢なのだそうだ。

創立以来、アーヌエヌエ・オハナは、木原唯の指導のもと、毎年このフラガールズ甲子園に出場してきたらしい。

もっとも残念なことに、アーヌエヌエ・オハナが入賞を果たしたことは未だに一度もない。

「今年は、二十五校も出場するんだって。やっぱ、東京の学校や、芸術系の学校は層が厚いよね」

詩織が拳を握りしめた。

「だからこそ、今年は男女混合という隠し玉で臨むんだから、しっかりしてよね」

「いてえって！」

今度は拳固で背中をどやしつけられた。

「それは分かったから、もうひとつのいいニュースってのはなんだよ」

穣がため息交じりに尋ねれば、詩織ははたと真顔に戻る。

そして、スカートのポケットをまさぐり、携帯を取り出した。

受信ボックスのメールに添付されている画像を開いた瞬間、穣たち四人の口から再び歓声がもれる。

「産まれたんだ！」

液晶画面の中、木原唯が産着に包まれた赤ちゃんを胸に抱き、幸せそうに微笑んでいた。

「男の子？　女の子？」

「元気いっぱいの男の子！」

宙彦の問いかけに、詩織が我がことのように誇らしげに即答する。

耳元で風の囁くような音がした。もう一度よく聞くと、健一が「元気でよかった……」と呟いている。

その表情がいつもの大人しげな様子に戻っているので、穣は密かに安堵した。

ここが、福島だからですか——。

宙彦に問いかけたとき、健一は見たことのない思い詰めた表情をしていた。

きっと。

変わってしまった町を思うときに閉塞感に囚《とら》われるのは、自分だけではないのだろう。

「ねえ」

携帯を畳み、詩織が穣たちの顔を見回した。

「出産祝いに、唯先生にフラガールズ甲子園の優勝をプレゼントしようよ」

「それはいい考えだね、詩織君！」

非日常コンビのハイタッチを、一年生コンビも嬉しそうに見ている。

「私ね、唯先生が帰ってくる前に、アーヌエヌエ・オハナをもっともっと大きくしたいんだ！」

高らかな詩織の宣言が、晴れ渡った青空に響き渡った。

「頼んだからね、辻本」

「へえへえ」

完全な上から目線で告げられて、穣は軽く肩をすくめた。

# 仮設訪問

車窓からは、大きな入道雲が見える。

電車の緩慢な揺れに合わせ、向かいに座った宙彦《おきひこ》がこっくりこっくり舟をこいでいた。

穣《ゆたか》は窓枠に肘をつき、見るともなしに車窓を流れていく景色を眺める。各駅停車の在来線は空《す》いていて、穣たちは二人でひとつのボックス席に陣取っていた。

しばらくいくと、眼前に海が現れる。工場が点在する、灰色の海。工場から離れ、海原が青くなってきたと思った途端トンネルに入り、抜けたときにはもう、海は遥か彼方に遠ざかっていた。

反対側のボックス席では、マヤと一年生女子たちがすっかり眠りこんでいる。先週ようやく期末試験が終わり、夏休みが二週間後に迫っていた。

二年のうちにＣＡＤ《キャド》検定の三級まで取ってしまおうと思っている穣は、期末試験にも一年のとき以上の熱を入れて取り組んだ。ＣＡＤとはコンピューター支援設計のことで、今後の建築に関わっていく上では、必須ともなる資格だ。四級は普段の授業に出ていれば比較的簡単に取れてしまうが、三級以上はぐっと合格率が低くなる。一般科目は相変わらずだったが、二年になって増えた専門科目の試験では、穣はちょっとした手応えを感じていた。

長い休みを目前に、今が精神的にも一番楽な時期だ。

もっとも、夏休みに入れば、今度はフラガールズ甲子園の課題曲の猛特訓が待っている。

フラ愛好会が夏に向けて大変になるという、詩織の言葉は本当だった。

その詩織を見やれば、引率の花村と副会長の基子と一緒に、衣装ケースを守っている。よほど嬉しいのだろう。足元に積んだケースの上に手を載せて、始終満足げな表情を浮かべている。

衣装が届いた日の視聴覚室は、ちょっとしたお祭り騒ぎだった。

本格的なフラダンス専門店から取り寄せた衣装や小物は、普段、百円ショップの素材でやっつけに手作りしていたものとは、まったくの別物だった。レイの材料になるドライフラワーやドライリーフも、香りまで残っている上等なものばかりだ。衣装といっても、どうせ腰や膝に巻くだけだと思っていた穣ですら、軽くテンションが上がった。

その代わり——というわけでもないのだろうが、この日穣たちは、スポンサーとして衣装の経費を負担してくれた生命保険会社が後援するサマーフェスティバルで、フラダンスとタヒチアンダンスを披露することになっていた。

サマーフェスティバルが催されるのは、隣町の仮設住宅がある公園だ。

仮設住宅には、帰還困難区域から避難してきた高齢者を中心とする人たちが、今でも六十世帯近く暮らしているという。穣たちフラ愛好会の出演は、これまでの介護老人保健施設や保育園での活動同様、慰問訪問という形になる。

今回のサマーフェスティバルは多くの企業のブースが参加する大規模なもので、テレビの取材も入るのだと聞かされた。顧問代理の花村と会長の詩織は、会場到着後、保険会社の広報担当者と打ち合わせをすることになっているらしい。

フラ愛好会にとっては、夏休み直前の、最も大きなイベントということになる。

それにしては——。

嬉しそうな詩織のかたわらで、基子がいつも以上に厳しい表情をしているのが、少しだけ気になった。二人は話をするでもなく、対照的な表情で、衣装ケースの上に指を置いていた。

その向かいでは、花村がいびきをかいて爆睡している。

「先輩」

ふいに声をかけられ振り向くと、後ろのボックス席から大河が顔をのぞかせていた。

「羊羹食います？」

背もたれの上から、おもむろに丸のままの羊羹一本を突き出される。

「……いや、いらねえ」

「あ、そすか」

大河はあっさり背もたれの向こうに消えていった。一緒のボックスにいるであろう健一からは、なんの気配もしない。

宙彦は相変わらずすやすやと寝息をたてている。伏せられた目蓋《まぶた》の先の睫毛が長い。寝ていてさえ妙に絵になるのだから癪《しゃく》に障る。

差しこんできた日差しを避けて、穣は掌で胸元を扇いだ。

あらためて周囲を見回せば、なんの変化もないように見える。いつもの連中の、いつもの態度だ。考えてみれば、基子の表情が硬いのも、別に今に始まったことではない。

夏の陽光が溢れる田園風景の中、普通電車はがたごと音をたてて走っていく。


駅からバスに乗り継ぎ到着したのは、郊外の高台にある大きな公園だった。

公園の一部に、長屋のような仮設住宅が建てられている。

衣装ケースを運ぶのを手伝いながら、穣はたくさんの幟《のぼり》や屋台が並んでいる広大な公園を見回した。仮設住宅を自分の眼で見るのは、実は今回が初めてだ。

駐車場の向こうに見える仮設住宅は、まったく同じ形の箱のような家が横長に並んでいる。一応、それぞれに小さな玄関がついているが、隣家との間に境界線はほとんどない。のぞかれることを嫌ったのか、窓の前には、ベニヤ板のようなものを立てかけている家が多かった。

太陽が天頂に近くなり、夏の強い日差しが照り始める。木々の間から、梅雨明けゼミとも呼ばれるニイニイゼミの声がシーシーと響き始めた。

「あっついねー」

衣装ケースを抱えた宙彦が、片手で顎下の汗をぬぐう。

じりじり照り付ける陽光の下、ベニヤで窓をふさいでいる平屋は、熱がこもっているようにも見えた。

公園内を歩いていくと、すぐに保険会社の広報担当者に迎えられた。

今回のスポンサードの窓口でもある広報の女性は、この暑さの中、きっちりとしたスーツを着こみ、額にかすかな汗を上らせていた。

「今日はよろしくお願いします！」

元気よく挨拶され、穣たちもあわてて頭を下げる。

女性に案内されたのは、仮設住宅の中庭にある、別棟の真新しい集会所だった。

「わあ、すてき！」

真っ先に扉をあけた詩織が、歓声をあげる。

普段、入居者たちのカラオケ等に使われているという舞台の奥の壁には、七色の虹の形の横断幕が、綺麗に飾られていた。横断幕の端には、もちろんスポンサーである保険会社のロゴマークもしっかり入っている。

部屋の中では、レポーターらしい女性と数人のテレビクルーが、カメラやガンマイクの用意を始めていた。

どうやら今回のイベントでのアーヌエヌエ・オハナの公演は、ちょっとした目玉企画であるらしい。

マヤや一年生女子たちも、カメラを担いだテレビクルーの様子を珍しそうに眺めていた。

「私たちも有名になったものよねぇ」

ほくそ笑む詩織の隣で、基子だけが変わらずに浮かない表情をしている。

一旦ここで女子たちと別れ、穣たちは集会場の奥へ向かった。

今回は、穣たち男子にも、立派な控室が与えられた。普段は談話室として使われている畳敷きのその部屋には、小さな給湯所までついていた。

「ここなら、ゆっくり着替えができそうだな」

衣装ケースを運びこみながら、穣は胸を撫で下ろす。ゴールデンウィークの雨風もつらかったが、炎天下に放り出されるのも勘弁してほしいと思っていたのだ。

「すごいねー。お菓子が用意されてる。至れり尽くせりだよ」

畳に置かれた卓袱台《ちゃぶだい》の上には、広報の女性が用意してくれたらしい四人分のスナック菓子とウーロン茶が載っていた。早速、大河がスナックの袋をあけ始める。

「おい、お前たち」

控室の扉をあけ、花村が顔をのぞかせた。

「少し時間があるから、澤田が取材を受けている間、お前たちは外のブースを見にいっていてもいいぞ。その代わり、本番の一時間前には必ず戻ってこいよ」

花村はサマーフェスティバルのパンフレットを持ってきてくれていた。三つ折りのパンフレットを開くと、中面が出展ブースの配置が分かるマップになっている。

「ずいぶん、いろいろなお店が出てるんですね」

マップを手に、宙彦が感心した声をあげた。

のぞきこんでみると、たくさんの企業や団体が、広大な公園一帯に様々なブースを出している。地元の名産品や農産物を扱うお店が圧倒的に多いが、今回のスポンサーである保険会社を始め、カード会社や信用金庫の出張相談窓口も多かった。変わったところでは、県内の私立大学や短大の案内所というのもある。

そして、共通のキャッチコピーは、ここでもやはり〝復興〟だ。

「なんかあったら、携帯鳴らせよ」

広報の女性に呼ばれて去っていく花村の後ろ姿に、「うーす」と穣たちは声をそろえる。話が長いばかりの冴《さ》えないオッサンだと思っていたけれど、ここのところの花村はなかなかポイントが高い。

穣もパンフレットを手に取ってみた。

屋台も出ていたし、少しなにか食べてこようか。

「じゃあ、俺ちょっと表見てくるわ」

穣は腕時計で時間を確認しながら、靴箱からスニーカーを取り出した。

「少し休んでから、僕もいくよ」

宙彦は畳に足を投げ出し、ウーロン茶に手を伸ばす。

無心にスナックを食べている大河のかたわらで、健一は無言でマップに眼を落としていた。

「とりあえず、一時間前まで自由時間な」

部屋に残っている三人に告げて、穣は控室を出た。

舞台の前を通りかかると、横断幕をバックに、詩織が女性レポーターからインタビューを受けているところだった。

「フラダンスを通して、みんなを元気にしたいと思っています」

生き生きとした詩織の声に、穣は思わず足をとめる。

「現在、フラ愛好会アーヌエヌエ・オハナは、女性七人、男性四人の十一名のメンバーがいると聞いていますが、今後、新メンバーを迎える予定などはありますか」

女性レポーターからの質問に、詩織は元気よく頷いた。

「もし、うちの学校でこの番組を見て、フラに興味を持ってくれた人がいたら、どんどん声をかけてほしいと思います。もちろん、初心者や男子も大歓迎です！」

詩織はカメラに向かい、にっこり笑ってみせた。

穣がぼんやり取材の様子を眺めていると、後方から大きなため息が響いた。

振り向けば、背後の壁にもたれた基子が、しらけたような表情で腕組みをしている。

「これって、いつ放映されんの？」

取材の邪魔にならないよう、穣も舞台から離れて基子の隣に並んだ。

「夕方のニュースだって」

ちらりと穣を見上げ、基子は腕を組みかえる。

「あんなこと言っちゃって……。本当に今から初心者が押し寄せてきたら、どうするつもりでいるんだろう。フラガールズ甲子園だって、近いっていうのに」

基子の口元に、苦々しい笑みが上る。

うすうす勘付いてはいたが、やはり、会長の詩織と副会長の基子の考えは、基本的に合致していないらしい。理論的で冷静な基子からすれば、勢いだけがいい詩織の行き当たりばったりのやり方は、到底納得のいくものではないのだろう。

「本当のこと言うと、男子を入れるのだって、私とマヤは反対だったんだよね」

ふいに基子が、独り言のようにそう言った。

「フラ愛好会って、男子だらけの学校で、唯一、女子だけでひと息つける場所だったから。詩織がどう思っているのかは知らないけど、木原先生はそのために、工業学校にアーヌエヌエ・オハナを作ったんだと思う。実際、私やマヤが最初に愛好会に入った目的もそれだったし」

「まあ、俺も入るつもりは毛頭なかったけどね」

穣が率直なことを口にすると、基子は噴き出した。

「辻本君はそうだろうね。でも……」

基子は再び、舞台の上ではきはきと答えている詩織に視線を戻す。

「辻本君たちに入ってもらって、慰問の申しこみが増えたのも事実よ。はっきり言って、女子だけのフラが飽きられ始めてたから。その意味では、詩織のやってることは正解なんだと思う」

その冷静な判断故に、基子は相容《あいい》れない詩織のやり方を黙って受け入れてきたのだろう。

穣はふと、詩織は基子のこうした思いに気づいているだろうかと考えた。

まあ、ないわな――。

よくも悪くも周囲の空気を読もうとしない詩織が、そんなことに気づいているとは到底思えなかった。

「今日は、長い間仮設でご苦労されているみなさんのためにも、頑張ってくださいね」

女性レポーターがカメラ目線で締めくくりに入る。

「はい、ぜひみなさんに元気になっていただきたいです！」

詩織も満面の笑みでそれに応じた。

「無理だよ」

突然、基子が強く呟く。

思わず見返すと、基子は苦々しい表情を浮かべた。

「サマフェスにくるのなんて、どうせ近所に住んでる人ばかりだよ。仮設の人たちなんて、出てきやしない」

「え？　なんで」

断定的な言い方に、穣は戸惑う。

今回の自分たちのサマーフェスティバル参加の目的は、学校的にも仮設訪問ではなかったのか。

「なんでも」

だが基子は頑《かたく》なに言い捨て、そのまま集会所を出ていってしまった。

穣は茫然と、その後ろ姿を見送る。基子と二人きりで話したのは初めてだが、思った以上に気難しそうだ。

舞台のほうからぱらぱらと拍手が聞こえた。

インタビューを終えた詩織が、ディレクターや広報課の女性に頭を下げている。

「いいインタビューになったよ」

「落ち着いていて、とてもよかったですよ」

口々にほめられ、詩織は嬉しそうに頬を染めていた。

その後、穣はあちこちのブースを冷やかし、本番の一時間少し前に控室に戻ってきた。スニーカーを脱ぎながら、靴箱にスニーカーが二組しかないことに気づく。

控室の中を見れば、宙彦が壁に寄りかかって文庫本に眼を落とし、大河は畳の上でごろ寝していた。健一の姿だけがどこにも見当たらない。

「薄葉は？」

いつも一緒にいる大河は、気持ちよさそうにいびきをかいている。あの大人しい健一が、たったひとりで出かけたのだろうか。

「あれ、穣と一緒じゃなかったの？」

文庫本を読んでいた宙彦も、意外そうに顔を上げた。

そのうち帰ってくるだろうと思っていたが、一向に戻ってくる気配がない。

「おかしいね。そろそろ、着替えなきゃいけないのに」

宙彦がだんだん不安げな顔になってきた。

着替えるといっても、脱いでつけると言ったほうがいい程度なのだが、普段几帳《きちょう》面《めん》な健一が時間通りに現れないというのは確かに気がかりだ。

今どき珍しく、健一は携帯を持っていない。

「どうする？　花村に言って、捜してもらう？」

「いや、先生も今は、広報課の人たちと一緒にいるんじゃないのかな」

宙彦と相談していると、背後でむくりと大河が起き上がる気配がした。

「どうしたんすか？」

ぬっと顔を突き出され、軽く驚く。寝起きの大河はさらにオッサンだ。

「薄葉が戻ってこないんだよ」

穣の言葉に、大河はごしごしと顔をこすった。それから数秒を費やしたところで、ようやく「え」と声があがる。地球の裏側との衛星中継並みの反応だ。

「大河君。健一君の興味を持ちそうなところが分かるかい？」

宙彦が差しだしたマップに、大河はじっと眼を落とした。

そういえば――。穣がこの部屋を出るときにも、健一は今の大河のようにマップを見つめていた。

やはり、どこかのブースを見にいったのに違いない。

「うぉっ！」

やがて大河は小さく雄叫びをあげるなり、巨体とは思えない機敏さで立ち上がった。

「どうした、夏目」

穣の問いかけも耳に入らない様子で、大河はスニーカーをひっかけ控室を飛び出していく。

「柚月！」

「合点！」

穣と宙彦もすかさずその後を追った。

さすがは柔道黒帯。巨体であっても、ほとんどが筋肉である大河は、走らせても速い。集会所を後にし、中庭を通り抜け、広大な駐車場をどんどん駆けていく。

鍛えている穣でさえ、ぜえぜえと息が切れる頃にようやくたどり着いたのは、仮設住宅の奥の裏庭のようなところだった。

公園内に溢れていたファミリーたちの姿もない、奥まったその場所には、ぽつんとひとつだけ屋台が出ていた。

周囲にソースの匂いが漂う。よく見れば、眼鏡をかけた中年男性が、汗をふきながら鉄板で焼きそばを作っている。

それだけなら、公園内にある飲食の屋台と同じだ。

ところが、周辺に漂っている空気があまりにも妙だった。焼きそばを作っている中年男性の動作はぎこちなく、それを取り巻いている人たちの表情も硬い。

中年男性のかたわらでは、二人の若い男性がじっとうつむいて野菜を刻んでいた。

穣はハッと息を呑む。

中年男性や、若い男性たちが着ている制服に見覚えがあった。青い上下。胸ポケットについた、会社のロゴマークのワッペン。

福島原発で事故を起こした、電力会社の制服だった。

「おい！　一体、いつまで待たせんだよ。ちゃんと、全員分、作るんじゃなかったのかよ」

突然、大声が響き渡った。

コップ酒を手にした胡麻塩《ごましお》頭の初老の男が、なかなかほぐれない麺と不器用に格闘している眼鏡の男性を怒鳴りつける。

「それともなんだ、高学歴の高給取りさんには、本当はこんな真似はできないとでも言うのかよ。俺たちが、頼んできてもらってるわけじゃないんだからな」

怒鳴り続ける男に、眼鏡の男性はなにやら言いながら頭を下げている。

眼鏡の男性の声はここまで届かない。

「あぁ? 寝ぼけたこと言ってんじゃねえよ。だいたい、こんなことより、もっとやってもらわなきゃいけないことが、他にたくさんあるんだよ」

明らかに酔っ払っていることが分かる真っ赤な顔の初老の男が、ますます眼鏡の男性に詰め寄った。

「どうせ、上に言われて嫌々きてるだけなんだろ? だいたいお前たちのせいで、こっちがどんだけ迷惑してるのか、真面目に考えたことがあんのかよ! 嫌みったらしく、そろいの制服なんか着やがって」

一方的に怒鳴りつけられ、眼鏡の男性は何度も頭を下げている。

心配そうに眺めている人もいるが、誰も胡麻塩頭の男をとめようとしない。

「穣」

ふいに宙彦が耳元で囁いた。

宙彦が指差すほうを見ると、仮設の玄関の柱の陰に健一がいる。健一は、食い入るように屋台の様子を見つめていた。

途端に、大河が走り出す。穣たちも後を追った。

「薄葉、どうした……」

近づいて声をかけかけたが、穣はそのまま言葉を呑みこんだ。

振り返った健一の顔は、涙と鼻水でべたべただった。

瞬《まばた》きと共に新たな涙が頬を伝い、ぽたぽたと地面に散っていく。

「ほらほら、キャベツが焦げてんだろ、そんなものを食わせるつもりかよ！」

再び男の怒鳴り声が響いたとき、健一の唇が小さく震えた。

「……ぉ……」

いつもの風が囁くような音量だったのに、穣の耳は確かにその悲痛な声をひろった。

「うおおおおっ！」

その瞬間、大河が全身を逆立てるように咆哮《ほうこう》する。

裏庭にいた全員が、驚いたようにこちらを見た。

「駄目だよ、大河君！」

胡麻塩頭の男に向かって突進しようとする大河を、宙彦が必死になって取り押さえる。

その大河に代わり、穣が一歩前に出た。

「おっさん、いい加減にしろよな！」

気づいたときには、叫んでいた。

「事故はその人たちだけのせいじゃねえだろ！」

考えるより先に、言葉が出ていた。

泣き腫らした眼から、新たな涙をほとほとこぼしながら健一は言ったのだ。

――お父さん……。

「酔っ払って、いちゃもん付けてんじゃねえよ！」

穣の勢いに、コップ酒を手にした初老の男がわずかにきまりの悪そうな表情を浮かべる。

しかし、そのとき。

「黙れ、小僧！」

まったく違う場所から、雷のような声が轟いた。

ぎょっとして振り向くと、仮設の玄関から作務衣《さむえ》を着た白髪の老人が出てくるところだった。四角い顔の中から、仁王のような眼《まなこ》が穣をにらみつける。

その迫力に、穣は一瞬怯《ひる》んだ。

足を進めながら、老人は腹の底から響く声で告げる。

「その人は、今回の事故で、四十年も続けてきた牧場を手放さなきゃいけなかったんだ。手塩にかけて育てた牛を、全部処分しなければならなかったその人の気持ちが、貴様のようなガキに分かるか。なにも知らない小僧が、偉そうな口をきくな！」

辺りがしんとした。

老人の言葉に、穣はやっとすべての状況を呑みこむ。

ここにいるのは、全員仮設住宅で暮らしている人たちだ。

その人たちに向けて、電力会社が特別に屋台を出していたのだ。

「す……すみません。石倉さん」

屋台で焼きそばを作っていた眼鏡の男性が、こちらに向けて駆け寄ってくる。近くまでくると、男性は老人に向かって深々と頭を下げた。

「そこにいるのは、私の息子です。彼は、私の息子をかばってあんなふうに言ったんでしょう。本当にすみません」

もう一度深く頭を下げてから、男性は健一の傍に立った。

「健一、お前、どうしてここへ？」

「お父さん……」

二人は、ここで出会うことを互いに予期していなかったようだ。

しゃくり上げている健一の姿を見ると、老人もそれ以上なにかを言おうとはしなかった。

静まり返った裏庭に、ニイニイゼミの鳴き声が響く。

夏の強い日差しが、白々と中庭を照らしていた。

やがて、初老の男が鼻を鳴らし、コップ酒をテーブルの上に叩きつけた。

「こっちだって、飲みたくて飲んでるんじゃねえ。それなのに、賠償金で昼から酒飲んでるって陰口叩く人間が、わんさといるんだからな。まったく、冗談じゃねえよ」

吐き捨て、男は玄関に入っていった。

そのとき、ふいに賑《にぎ》やかな声が近づいてきた。

振り返り、穣は体を硬くする。

テレビクルーと一緒に、華やかな衣装に着替えた詩織とマヤが、こちらに近づいてきていた。

「これから、フラダンスを踊りますので、みなさんぜひ、集会所にいらしてください」

歓迎用のプルメリアのレイを手に、詩織が明るい声をあげる。

「あれ?」

集まっている穣たちに気づき、詩織は不思議そうな顔をした。

「どうしたの? なんで着替えてないの? もうすぐ本番だよ」

手にしたレイも、髪に飾った深紅のハイビスカスも、プリント柄のレモンイエローのパウスカートも、場違いなほどに鮮やかだ。

「みなさん、ぜひいらしてください。今日は元気になれる曲をたくさん用意しました。福島の復興のために、心をこめて踊ります」

詩織もマヤもレイを差し出すが、人々はしらけたように見返すだけで、誰も受け取ろうとしない。

懸命に呼びかけている詩織たちの後ろで、サングラスをかけたディレクターがカメラを担いでいるスタッフに小声で囁いた。

「絵造りのためにも、仮設の人たちにはいてもらわないとな」

耳ざとくそれに気づいた作務衣の老人が、くるりと振り返る。

「おい！」

再び、腹の底から響く声が辺りに轟いた。

「なにが絵造りだ。ふざけたことを言うな！」

老人の剣幕に、詩織とマヤもびくりとして手をとめる。

構わず老人は、テレビクルーたちを見据えた。

「フラダンスなんかが、なんになる！　それを見て喜んでいる我々を映し、もう大丈夫だと安心したいのはお前たちのほうだろう。被災した人の感動話ばかり見て、これで全部終わったと思いたいのは、未災地の人間だけだ。ダンスなんかで、ここにいる人たちの気持ちは変わらない。そんなことで、この災害が済まされてたまるか！」

老人の声が中庭の隅々まで響き渡る。

そのとき、バサバサと音がした。

詩織が手にしたレイを取り落としていた。かたわらのマヤも、青褪めた表情をしている。

「お嬢さんがた」

老人が声を落とし、詩織たちに向き直った。

「集会所は自由に使ってもらって構わない。だが悪いけど、私たちはダンスなんて見たくない。復興という言葉を聞きたくない人も、ここにはたくさんいる。五年もたっても、なにひとつ変わらないのが、ここに残された我々の現実だ」

老人は悲しげな眼差しで詩織を見た。

「だからあなたも、こんな連中に踊らされるようなことを言うのはやめなさい」

詩織は茫然と立ち尽くしている。その足が、かすかに震え始めた。

穣は、詩織の顔を見ることができなかった。

どのケアセンターでも、保育園でも、アーヌエヌエ・オハナは常に温かく迎えられてきた。

その眼差しの中でしか踊ってこなかった自分たちは、もしかしたら、好意を当たり前のように享受し過ぎていたのかもしれない。

最初のうちは、仮設住宅でもフラダンスは喜ばれていたのだろう。以前詩織から渡された慰問先の資料の中には、過去に多くの仮設住宅を訪問していた記録があった。

けれど、あれから五年。もう、五年の歳月がたつのだ。

それでも仮設住宅に暮らす人たちは、未だに復興、復興と判で押したような言葉だけを、変わらぬ場所で聞かされ続けている。

なぜなら今回の事故で、福島には〝帰還困難区域〟という形で、将来的に戻る目処《めど》の立たない地域ができてしまったからだ。

無理だよ——。

このとき穣は、基子が冷たく放った言葉の真意を初めて身に沁みて悟った。

「穣」

声をかけられて我に返る。

宙彦が静かな眼差しで自分を見ていた。

「いかなきゃ、時間だ」

# 新メンバー

夏休みが始まった。

休みに入っても校庭や体育館は運動部でいっぱいで、フラ愛好会は相変わらず視聴覚室や渡り廊下を使って活動している。

その日も、視聴覚室の前方を使い、新メンバーの五人の女子がハワイアンミュージックに合わせて達者なステップを踏んでいた。

ダンス経験者というのは、DVDを見ただけで、こうも簡単にステップを覚えてしまえるものなのか。五人の女子の初心者とは思えないリズミカルな足さばきに、穣《ゆたか》は軽く感嘆する。

アーヌエヌエ・オハナの仮設訪問を紹介したニュース番組を見て、新規入会を申し出てきた女子たちは、全員一年生だ。五人とも、ジャズダンスやヒップホップといったダンスの経験者ということだった。

「ダンス系の愛好会があるなんて、今まで知りませんでしたよ」

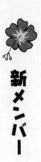

子供の頃からジャズダンスを習っていたという朝井由奈《あさいゆな》は、視聴覚室を訪ねてくるなり、開口一番そう言った。

この由奈には、穣も見覚えがあった。

ようやく工業高校に可愛い女子が入ってきたと、田中たちが騒いでいたことがある。

確かに、由奈が率いてきた女子は、この学校特有の所謂《いわゆる》〝理系女子〟とは少し趣が違っていた。髪にシャギーを入れ、眉を整え、唇にはリップグロスを塗っている。よくいえば、垢抜《あかぬ》けている、悪くいえば、派手な感じの子ばかりだった。

だがそうした女子の中に、ひとりだけ、これまたまったく毛色の違う女子がいる。

初めて顔を合わせたとき、正直、穣は度肝を抜かれた。

肌は真っ黒。髪の色は風紀で引っかからないのが不思議なほどの脱色系。しかも眉をほとんど抜いている。

どこからどう見ても、筋金入りのヤンキーだ。

穣は、視聴覚室の後方で新規メンバーの踊りを見ている、従来の女子メンバーたちの様子をちらりとうかがった。

夏休み直前の仮設訪問以来、詩織はどこかぼんやりとしている。

今も大きな眼を見張ってはいるが、その顔に感情らしいものは浮かんでいなかった。

隣のマヤも、曖昧な表情をしている。

そして基子は、いつも以上に厳しい眼差しで、器用にステップを踏む彼女たちを見つめていた。

ふいに基子と視線が合いそうになり、穣はあわてて前を向いた。

自ずと一番目立つヤンキー女、真壁浜子《まかべはまこ》が眼に入る。

「DJハマーって呼んで、YO、NE!」

中学からヒップホップにはまっているという浜子は、見た目だけでも充分圏外なのに、この自己紹介で、さらに周囲を引かせまくった。

しかも、このヤンキー女は、ひょっとすると基子の知り合いのようなのだ。

「あれ?」

初めて視聴覚室に入ってきたとき、基子を見るなり、浜子は腫れぼったい一重の眼を丸くした。

あのときの基子のぎょっとした表情を、穣は今でも忘れていない。

なにか言いたそうにしている浜子を振り切り、基子は足早に視聴覚室を出ていってしまった。

冷静な基子があれだけ露骨な態度を取ったのだ。それが懐かしいたぐいの再会でなかったことは、傍目《はため》にも明らかだった。

意外なことに、浜子は空気を読んだのか、その後、基子に近づこうとしていない。

だが、今、腕組みをして前方を見つめている基子は、浜子の姿ばかり追いかけているように思えてしまう。

稜も暫《しば》し、カホロですいすいと移動する浜子を眺めた。見た目のインパクトが強すぎるが、実は浜子は結構ダンスがうまい。バランスが崩れやすいバックステップも難なくやってのけている。なにより、リズム感がある。

やがて、全員が天井に向かって両手を高く差し上げたところで、音楽が終わった。

スチールギターの余韻が消え、視聴覚室がしんとする。

「……あ、すごく、よかったよ」

数秒の空白の後、ようやく我に返ったように詩織が声をあげた。

「すごいね。こんなに短期間なのに、ステップも全部できてる。これなら、すぐに私たちと合流してフロントで踊ってもらってもいいくらい。とても初心者とは思えないよ」

「ダンスは初心者じゃありませんから」

由奈がつんとした表情で答える。

「あ、そっか……、ごめん」

きまり悪げに笑う詩織は、どこか無理をしているように見えた。

サマーフェスティバル以来、詩織はすっかり覇気をなくしてしまっていた。以前の詩織なら、後輩にこんなふうに謝ることなど、まずありえなかっただろう。

実をいうと穣は、アーヌエヌエ・オハナの仮設訪問が紹介されたニュース番組を見ていない。正直、見る勇気がなかったのだ。

後輩たちを前に卑屈な笑みを浮かべている詩織を眺めるうちに、あまり思い出したくない当時の様子が甦ってきた。

あの日、宙彦《おきひこ》の言葉に我に返り、急いで全員で控室に戻ると、なにも知らない花村ががんかんになっていた。

「一時間前には戻れって言ったのに、全員そろって、一体どこをほっつき歩いてたんだ……！」

ねちねち怒り続ける花村を後目《しりめ》に、穣たちは無言で着替えた。

そして、舞台に通じる扉から会場の様子をのぞき、完全に言葉を失った。

あんな詩織たちのステージは、これまで見たことがなかった。

どこへいっても拍手と歓声に包まれていたアーヌエヌエ・オハナ。

この日は、いつものビニール紐を裂いた安っぽい衣装ではなく、生地も素材も現地から取り寄せた本格的なものだったのに。

立派な衣装や背後の垂れ幕が滑稽に見えるほど、全員の踊りに精彩がなかった。

別に、テンポがずれたり、振りを間違ったりしていたわけではない。それでは一体、なにがいつもとそんなに違うのか。

詩織がソロパートを踊り始めたとき、ようやくそれがはっきりした。

笑顔だ。

いつも艶やかな笑みを顔いっぱいに浮かべ軽やかに舞っていた詩織が、青褪めた表情で、機械的にステップを踏んでいる。

パパリナ・ラヒラヒ――。恋する乙女の薔薇《ばら》色の頬の美しさを歌った、フラ・アウアナの中でも特に軽快で明るい歌なのに、前列で踊る二年生女子たちは、全員沈鬱な表情をしていた。基子だけはなんとか笑顔を作ろうとしているが、口元が引きつっているようにしか見えない。

いつも自分たちを引っ張っていってくれる先輩たちのあまりの豹変《ひょうへん》ぶりに、一年生女子も不安の色を隠すことができずにいた。

〝フラダンスで一番大事なのは、笑顔よ、笑顔〟

詩織の口癖を、穣は最も皮肉な形で痛感した。

フラダンスの魅力は、ダンサーたちの笑顔によってこそ、余すことなく観客に伝えられるのだ。どれだけカラフルな衣装に身を包んでいようと、暗い表情で踊るフラからは、なんのメッセージも響いてこなかった。

評判のアーヌエヌエ・オハナをひと目見ようと集会所に集まっていた大勢の人たち

も、拍子抜けしたような様子だった。

このままでは、困惑が落胆に、落胆が失望に変わってしまう。

高校生のフラダンスなどこんなものかと、初見の観客たちに思わせてしまうのは癪だった。

次のオテアでなんとか挽回《ばんかい》しようと試みたが、舞台に出た瞬間、無理だと悟った。

健一と大河から、まったく気力が感じられない。それどころか、打ちひしがれてしまっている。オテアは四人のフォーメーションが決まらないと、ダイナミックな迫力が生まれない。

女子が合流しても同じだった。マヤの口からは、かすれたようなかけ声しか出なかった。

穣と宙彦の二人がどれだけ熱演しようと、最後まで会場内の雰囲気を変えることはできなかった。

こんなステージは、穣にとって初めてだった。

無論、詩織たちだって、経験したことがなかったに違いない。

ラストの大技で大失敗した初舞台のときですら、これほど惨めな思いはしなかった。

その悲惨なステージを、テレビを通して見るなど、到底耐えられそうになかった。

「別に、フロントに立ってもいいですけど」

由奈の気取った声に、穣は我に返る。

片手で髪を梳《す》きながら、由奈がちらりとこちらに視線を寄こした。

穣の隣にいる宙彦を見たのだ。その流し目に、容姿に自信のある女子特有のかすかな媚《こび》がにじんでいる。

同学年の派手めな女子の登場に、いつもきゃっきゃと仲よさそうに戯れている旧メンバーの四人の一年女子たちは、借りてきた猫のように大人しくなっていた。部屋の隅にぎゅっと固まり、シャギーの入った長い髪をかき上げる由奈をどこか怖々と眺めている。

「……うん。ちょっとそれは、今後の課題にするよ。まずは女子が十二名になったフォーメーションを考え直さないと」

詩織が歯切れ悪く、言葉を濁した。

「でも、これだけ上手な人たちに入ってもらえれば、フラガールズ甲子園に向けて戦力強化になるよね」

詩織に同意を求められ、マヤが小さく頷く。

基子は相変わらず無言のままだ。

先日、フラガールズ甲子園事務局から、課題曲のDVDが届いた。フラ・アウアナの課題曲は四曲。これらの曲は、すべて振り付けも決まっている。そこから一曲を選び、規定通りの振り付けで優劣を競い合う。

対して、タヒチアンダンスのオテアは、トエレの即興演奏に合わせ、振り付けも自分たちで一から考えなければならない。

採点はフラの部、タヒチアンの部で、それぞれ審査委員を招聘《しょうへい》して行なわれ、総合得点で最優秀賞が決定される。

つまり優勝するためには、フラ・アウアナの正確さと完成度、タヒチアン・オテアの企画性と独創性の両方が必要とされる。

総合優勝を狙うためには、彼女たちのようなダンス経験者の新たな入会は、確かに心強いことなのかもしれない。

「それじゃ、男女に分かれて、課題曲のステップ練習に入ろうか」

しかし詩織がそう号令をかけた途端、由奈たちはそろって立ち上がった。

「フォーメーションが決まってないなら、私たち、これで失礼します」

「え、せっかくだから、ステップだけでも合わせようよ」

「ステップなら、もうマスターしましたし」

詩織の誘いに、由奈は素っ気なく首を横に振る。

「男女で合わせるときに、また声かけてください」

どうやら由奈には、まだ初心者臭さを引きずる地味系一年生たちとの練習に付き合う気持ちは毛頭ないようだった。

ちらりと宙彦に笑いかけると、残りの仲間を引き連れて、早々に視聴覚室を出ていこうとする。ぞろぞろと由奈についていく女子の中で、浜子だけが未練ありげに何度か振り返った。

「いくよ、ハマー」

だがそう呼ばれると、結局浜子も部屋を出ていった。

部屋の隅に固まっていた一年生女子と、基子が同時に肩で息をついた。

八月が近づき、校庭ではニイニイゼミに代わり、アブラゼミとミンミンゼミが盛大に鳴き始めた。

穣は宙彦や一年生コンビと、「月の夜は」の男踊りのステップに取り組んでいた。

フラガールズ甲子園の四曲の課題曲の中で、この曲を積極的に推したのは健一だ。初舞台で、お年寄りたちと一緒に踊った楽しさを、忘れていなかったのだろう。

サマーフェスティバル以来、詩織同様、健一や大河もしばらくの間は元気がなかったが、今では健一は誰よりも熱心にフラダンスに取り組んでいる。

穣は、あの日初めて、健一の父が電力会社の社員であることを知った。

ここが、福島だからですか――。

以前、思い詰めた表情で宙彦に問いかけていたことを思い出すと、穣は今でもうっすら胸が痛くなる。

仮設の人たちの現状にも、頭から冷水をかけられたような気がしたが、事故を起こした側の家族の気持ちなど、今まで考えたことがなかった。

だが、穣の懸念を吹き飛ばすように、健一は集中して練習に取り組んでいた。

〽月の夜は　浜に出て　みんなで踊ろう　ヤシの葉かげ

女性シンガーが、ウクレレのリズムに合わせ、甘い声で歌いあげる。

〽手を腰に　ウクレレに　合わせて踊ろう　フラの踊り

踊る文学とも呼ばれるフラダンスには、ハンドモーションのすべてに文字と同じだけの意味がある。月、浜、ヤシと単語のひとつひとつを腕の動きで表現し、ウクレレのところでは、本当にウクレレをかき鳴らす仕草をする。

〽綺麗なレイをあげましょう　踊り仲間のあなたに　花の冠あげましょう　踊り上手なあなたに……

「月の夜は」は、日本語歌詞の分かりやすさもあり、最も親しまれているフラダンス歌謡のひとつだ。

今回、この曲を踊るにあたり、男女混合フラで大会に挑むことを強調するために、アーヌエヌエ・オハナでは、男女がペアになってステップを踏む、コンバインと呼ばれるフォーメーションを取ることになった。

　フラガールズ甲子園に出場するチームは、少ないところでは三名、多いところでは三十名を超すメンバーがいる。課題曲は振り付けこそ共通だが、フォーメーションは人数に合わせ、各チームがそれぞれの特色を出そうと頭を悩ませることになる。少人数ならそれぞれの踊りをソロのように見せて印象付けたり、大人数ならシンメトリーのフォーメーションでパフォーマンス効果を上げたりすることもできるというわけだ。

　詩織の作戦は、当然、男女混合ならではのフォーメーションを組むことにあった。

　フラは社交ダンスと違って、男性がリードをしたり、男女が体を触れ合わせたりということはしない。だが、足さばきや手の動きで、微妙な男女差を演出する。

　今は女踊りに引っ張られないよう、男子だけでステップ練習をしているが、実際には女子と向き合いながら踊ることになる。

　見えない相手を思い浮かべたとき、ふとそこに、林マヤの姿が浮かんだ。

　だが、穣とペアを組むことになっているのは、新メンバーの朝井由奈だった。

　自分とペアを組むことが決まったときの、由奈のふて腐れた表情を思い出し、穣は小さく舌を打つ。

　お前が相手でがっかりなのは、こっちだって同じだよ――。

　今回、フラダンスでは、フロントの女子四人が男子とペアを組むことになっていた。

　自ずと男子メンバーの中で一番ステップがうまく、見栄えもいい宙彦が、リーダーの詩織とセンターに立つことになった。

そうなれば、次に安定している穣が、ダンス上級者の由奈と組むのは必然だった。

マヤは健一と、基子は大河とペアを組むことになっている。

一年生の中からひとりフロントを選ぶことになったとき、詩織は由奈と浜子の名前をあげた。実際、両人のダンスの実力は拮抗していたが、浜子では見た目のインパクトが強すぎるという暗黙の了解の下、結局由奈に軍配があげられたのだ。

もっとも、相手が宙彦でないと分かった途端、由奈は明らかに不満そうな顔をした。

日がたつにつれ、由奈は宙彦への関心を露骨に表し始めていた。

どうやら由奈にとって、ダンス系愛好会を見つけたことより、学校のアイドル王子が放課後どこでなにをしているかを突きとめたことのほうが、アーヌエヌエ・オハナ入会の動機付けになっているらしかった。

宙彦相手に由奈が見せつける媚に、穣はいちいち鼻白む。

私は可愛い、と全身で主張しているような自意識過剰の女子が、穣は元々苦手だった。

〽踊り手が揃《そろ》ったら　さあさあ　踊ろう　今宵《こよい》ひと夜

歌が二巡目に入り、穣たちは一列に並ぶ。

最初はぎこちないだけだった一年生コンビも、随分と手足がしなやかに動くようになってきた。これなら腰をおとして踊っていても、もう炭坑節には見えない。

だが、フラガールズ甲子園はれっきとした競技大会だ。今までのような曖昧な誤魔化しや、力技は通用しないだろう。

穣も宙彦も、これまで以上に神経を使い、正確に振りを合わせるようにしていた。特に難しいのは笑顔だ。踊ることに夢中になっていると、つい笑みを浮かべるのを忘れてしまう。

「薄葉、夏目、笑顔！」

いつの間にか歯を食いしばっている一年生コンビに、穣は声をかける。

笑みのないフラダンスが、どれだけ無力かを思い知ってから、穣は自分でも全力の笑顔を心がけるようにしていた。

最高の笑顔で踊っていれば、あの惨めな舞台からも遠ざかることができる気がした。

詩織もまた、あの日に受けた衝撃から、懸命に立ち直ろうとしているようだった。

なにより、詩織には大会に向けて、オテアの振り付けとフォーメーションを一からまとめあげなければいけないという大仕事があった。

個別練習の後の合同練習が終わると、二年生全員で視聴覚室に残り、基子が設定したスカイプを通して顧問の木原唯に相談しながら、オテアの振り付けを考える日々が続いている。

特に詩織が今回こだわっているのは、男女混合ならではの大技だった。

男子が腿や肩の上に女子を乗せて、ポーズを決めるという案があがっている。メンバーの多い東京や芸術系の学校では、左右対称の流れるようなフォーメーションを武器にするが、男女混合である自分たちは、横ではなく縦の動きを取り入れて勝負をかけるというのが、詩織の目論見《もくろみ》だった。

うまくいけば、そうとう大きなインパクトを与えることができるはずだ。

〽さあさあ　踊ろう　今宵ひと夜　今宵ひと夜……

曲が終わり、穣たちは再び一列に並んだ。

軽やかな曲なのに、踊り終わったときには、全員が汗だくだった。

すべての窓を開け放してはいるが、風はそろりともそよがない。

「休憩、休憩」

穣が声をあげると、全員が床の上にへたりこんだ。

「ああ、この床の冷たさが、たまらないね」

「お前は猫かよ」

床に俯《うつぶ》せになっている宙彦を腐していると、視聴覚室の後方の扉があき、由奈が顔を出した。

「柚月先輩！」

途端に、床の上の宙彦がびくりと跳び起きる。

女子も休憩に入っているのかもしれないが、由奈は元々、男女別の地道な基礎練習には積極的でなかった。代わりになにかと理由をつけて、宙彦に近づこうとする。

「今日、駅まで一緒に帰りませんか。あ、そうだ。私、見たい映画あるんです」

「あ、でも……。僕たち、オテアの振り付けがあるから」

「そんなの、会長にまかせとけばいいじゃないですか。どうせあの人、ひとりでなんでも決めちゃうんだから」

宙彦とのペアを奪われた恨みは深いようだった。

「そ、そんなことないよ。僕たちも一緒に考えてる。ねえ、穣……」

「まあな」

明らかに救いを求める眼差しを寄こされたが、穣は素っ気なく肩をすくめた。

遠巻きに囲まれることには慣れていても、妙に自信のある女子に実力行使で迫ってこられると、宙彦は案外弱い。

ご婦人だの、エスコートだのと、いかにも女慣れしているような発言を散々しておきながら、とんだ見かけ倒しだ。

「じゃ、俺らは、そろそろ澤田たちと合流するわ」

「うっす」

「……ス」

穣がさっさと立ち上がると、すかさず大河と健一も後に続こうとした。

「あ、僕も」

焦って逃げ出そうとする宙彦を、由奈がしっかり押さえこむ。

「柚月先輩は大丈夫ですよ。ステップ一番うまいじゃないですか」

真っ青になっている宙彦を後目に、穣は廊下に飛び出した。

ザマミロ、チューヒコ。

自意識過剰女の餌食になりやがれ——。

常に余裕綽々《しゃくしゃく》で自分を振り回してきた宙彦が焦った顔をしてみせるのは、正直、ちょっと面白かった。

渡り廊下を歩けば、あちこちから蟬《せみ》しぐれが響いてくる。

窓の外に湧き立つ、真っ白な入道雲。

旺盛に茂っていく草木が青く匂い、盛夏の到来を告げている。

だがこのとき穣は、まだ気づいていなかった。

面白半分に見過ごしていた宙彦の受難が、女子たちの間で小さな衝突を生もうとしていることに。

大きな白い雲の中に、稲妻を生むプラズマが潜んでいたことに。

# 亀裂

「あの、配置換えをお願いしたいんですけど」

それは、八月に入ってすぐのことだった。

ようやくオテアの振り付けが細部まで決まり、合同練習に入る直前、突如、元からいた一年女子のひとりが手を挙げた。

「私と、朝井さんのパートを代えてほしいんです」

少しぽっちゃりした地味な一年女子は、小声だがはっきりとそう言った。

宙彦《おきひこ》たちと立ち位置の確認をしていた穣《ゆたか》は、思わず振り返る。

視聴覚室内がしんとした。

全員の視線が、マヤと並んで衣装の整理をしていた詩織に集まる。

「……なんで？」

暫しの沈黙の後、詩織がようやく口を開いた。

「だって」

小太りの女子が口ごもる。

オテアでは、前列に立つ上級者女子たちがソロパートを踊り、後列の女子が男子とリフトを組むことになっていた。男子の腿や肩に乗るだけなら、ダンスの優劣は関係ないだろうという判断からだ。穣たち四人が持ち上げるのは、全員、元からいた一年女子になる予定だった。

配置換えを申し出たのは、宙彦が肩に乗せることになっていた女子だ。詩織からそれを告げられた当初は、宝くじにでも当たったように喜んでいたはずだ。

それが今になって、突然、妙なことを言う。

「朝井さんには、私たち二年生と一緒に、フロントで踊ってほしいんだけど」

「だって、私、重いから」

詩織の言葉をかき消すように、一年女子が声をあげた。

「それに、私じゃ、柚月先輩と釣り合いません。私にフロントが無理なら、そこも、真壁さんと交代します。だから、柚月先輩とペアを組むのは、朝井さんにしてください」

誰とも視線を合わせないように下を向きながら、一年女子は早口でそう告げる。

視聴覚室の後方では、由奈たち新規メンバーが無関係を装って談笑していた。けれど、旧メンバーと新規メンバーの一年生たちの間で、なにがしかの衝突があったことは、もはや誰の眼にも明らかだ。

「でも……」

「とにかく、そうしてほしいんです」

言いかけた詩織を、再び一年女子は強い口調で遮った。残りの三人の旧メンバーは部屋の隅に固まって、心配そうに二人の様子を見つめている。

視聴覚室内に気まずい沈黙が流れた。

「本人がそう希望してるなら、代えてあげればいいんじゃないですかー」

由奈の取り巻きのひとりが、わざとらしい声をあげる。当の由奈は、あくまで無関心を装い続けるつもりなのか、あらぬ方向を見ていた。

穣は軽く眼をすがめた。

どうせ、あの自意識過剰女が取り巻きたちと徒党を組んで、地味系一年女子たちに圧力をかけたのに違いない。

怒鳴りつけてやればいいものを、詩織はなぜか困惑したように周囲を見回し、結局は黙りこんでしまった。

穣が口を開こうとしたそのとき——。

「いい加減にしてよ！」

突如、背後から大声が響いた。

驚いて振り向けば、壁を背にして立っていた基子が、拳を握りしめている。だが基子が怒鳴りつけたのは、由奈たちではなかった。

基子はつかつかと詩織に近づくと、衣装を並べてあるテーブルに勢いよく手をついた。

バン！ と、大きな音が辺りに響く。

「詩織、あんた、一体、どうしちゃったのよ」

眉根をきつく寄せて、基子が叫んだ。

「なんでこんな新参者の一年生たちに、好き勝手なことやらせてるのよ。以前のあんたなら、こんなこと絶対許したりしなかったでしょ」

普段冷静な基子のあまりの剣幕に、全員が茫然とする。

なにも言い返すことができずにいる詩織に、基子はますます苛立たしそうに顔をゆがめた。

「一体いつからそんな弱腰になったわけ？ 今までなんでもかんでも強引に推し進めてきたんじゃない。だったら、最後までそれを押し通しなさいよ！」

「だ、だって」

詩織がやっと、かすかに震える唇を開く。

「仮設訪問のときも、アンゼは最初反対してたのに、私が勝手に決めちゃって……」

「それは、スポンサーのためだって言ってたでしょ。おかげで立派な衣装が手に入ったじゃない。私だって最後は納得したんだから、そんなこと、今さら蒸し返さないでよ」

「そうだけど、でも、結局あのとき、私たち、慰問にもなんにもならなかった。それどころか、仮設の人たちを傷つけちゃって……」

やはり、詩織はあのときのことを引きずり続けていた。

それも致し方のないことだと思う。

フラダンスなんかが、なんになる——！

老人に一喝されたとき、穣でさえ一瞬足がすくんだのだ。

「また、その話？」

だが、その場を見ていなかった基子は、不快そうに眉を寄せた。

「そんなこと、いつまでも引きずらないでよ。仮設の人たちが、中途半端なボランティアや感動話ばっかり作りたがるテレビの報道に飽き飽きしてるのは、別に今に始まったことじゃない。それに、あんなことで、仮設の人たちは傷ついたりしないから。変な責任、感じたりしないで」

どこまでも歯切れの悪い詩織に、基子が詰め寄った途端——。

あはははは……

場違いな笑い声が響いた。

由奈たちから少し離れたところにいる浜子が、あっけらかんと笑っていた。

「ま、それって、仮設の一種の〝あるある〟っすよねー」

浜子が間延びした声をあげる。

「最初のうちは、誰かがきたり、イベントがあったりすると、それなりに気晴らしにもなったけど、仮設暮らしも長くなると、なんだかんだで放っておいてほしいって気分にもなってくるしー。ほら、うちらだって、そうだったじゃないっすかぁ」

基子に向かってそう言った後、「あ」と、浜子は片手で口をふさいだ。

全員の視線を浴び、浜子がきまり悪そうに視線を泳がせる。

穰は思わず、浜子と基子の顔を見比べた。

「やっちまった、かな？」

口をふさいだまま浜子が呟く。

「……もう、いいよ」

やがて、基子が肩で大きく息をついた。

「変に同情されたりするのが嫌だっただけで、別にどうしても隠したいわけじゃないから」

完全に切り替えたような表情になると、基子は穰たち全員を見回して、はっきりと言った。

「私の家、元々第一原発のすぐ傍だったんだ」

稜のかたわらの健一の肩がびくりと揺れる。

福島第一原子力発電所に近い地域は、その大部分が帰還困難区域に指定され、一部は居住制限区域と避難指示解除の準備区域になっている。制限区域と準備区域は除染の計画が進められているが、本当に住民が帰還できるのか、復旧の目処は正式にはたっていない。

無理だよ――。

仮設の人たちを元気にするために踊りたいとインタビューに答えた詩織に、冷たく言い放った声が甦る。

あのとき基子は、仮設の人たちはフラダンスなんて見にこないと稜に告げた。

それはきっと、自らの体験に裏打ちされた予測だったのだろう。

「もっともうちは、結構早くに阿田に越してきたんだけど。それだって、賠償金で家買ったとか言われるわけだしね。だから……、あんまり、言いたくなかったんだよ……」

珍しく言葉を濁した後、基子は浜子に向き直った。

「浜ちゃん、気を遣わせちゃって、本当にごめんね。最初にあんな態度取っちゃったから、なんか、引っこみがつかなくなって」

「いやー、いいっす、いいっす」

　頭を下げた基子に、浜子は顔の前で掌を振る。

「ま、うちは未だにみなし仮設住まいなんで、バリバリカミングアウトしてますけど、家買ってこっち移った人は、避難区域からきたって、あんま言いたがんないっすよね。賠償金のこととか、とやかく言われたくない気持ち、よく分かりますよ。うちはジジババがいるんで、避難解除出たら、親父とかは帰る気満々なんすけど」

　二人は一時、同じ仮設住宅で暮らしていたことがあるらしかった。

　浜子はくるりと振り返って、詩織を見た。

「仮設の人たちも、いいとこくたびれてるから、ボランティアさんに当たったりすることもあるけど、別にそれほど本気じゃないし、気にすることないっすよ。それより、もっと大変なこと、いっぱいあるし。うちの親父、一時帰宅でたまに家帰ってるんすけど、なんか、町内、猪《いのしし》だらけらしいっすよ」

　浜子は再びあははと声をあげて笑う。

「強盗の次は猪だってんだから、世話ないっすよね。人いなくなると、あいつら平気で山から下りてくるみたいなんすよ。なんか自分の部屋、今、ハクビシンとか棲《す》んでるらしいっす」

　話の内容は深刻なのに、浜子はさもおかしそうに腹を抱えて笑っている。

「ハクビシンっすよ、ハクビシン。なに、それ。まじ、うけるー」

いや、うけないだろう。普通――。

豪快に笑う浜子に、穣はなんだか圧倒されてしまった。

配置転換を申し出た一年女子も、由奈とその取り巻きたちも、すっかり呆気に取られている。

「す、すみません……！」

突然、か細いけれど必死な声があがった。

「ぼ、僕の父は、電力会社の社員です」

基子と浜子に向けて、健一が膝に額がつくほど深く頭を下げていた。

「ちょ……、ちょっと、やめてよ」

基子があわててそれを制した。

「別に薄葉君のお父さんが、事故起こしたわけじゃないんだから、謝ったりしないでよ」

「だいたい、あんたに謝られても、困るしねー」

浜子も淡々と言い返す。

穣はなにも言うことができなかった。

健一の父が勤める電力会社は、事故の前なら、工業高校に通う誰もが憧れた大企業だ。多くの生徒たちが、あの青い制服に身を包むことを夢見ていたことだろう。

〝絶対に、安全です〟

その言葉に裏切られたのは、きっと被害を受けた側だけではない。

宙彦も、大河も、痛ましげに健一を見つめていた。

「ごめん……！」

そのとき、いきなり詩織がテーブルに両方の拳を叩きつけた。

全員が、ハッとして詩織を見る。

「ほんと、ごめん」

細い肩を震わせて、詩織はうつむいていた。

「仮設にいったとき、アンゼも、薄葉君もきっとすごくつらかったよね。嫌だったよね。なのに、私、全然気が付かなくて。それどころか、テレビの取材とかで浮かれちゃって……」

詩織が顔を上げた瞬間、穣は小さく息を呑んだ。

詩織は泣いていた。

瞬きをするたびに大きな瞳から、涙がぽたぽたとテーブルに散っていく。

「……私、今まで本当に、自分のことしか考えてこなかった……」

天頂から真夏の太陽が降り注ぎ、沸き立つように蟬たちが鳴いている。

なにもしなくても自然と汗が噴き出る猛暑の中、穣たちは汗だくになってオテアの合同練習をしていた。

「そーれ！」

基子の号令で、穣たち男子は、太腿の上に一年生女子たちを乗せて立ち上がった。

完全に組体操のような動きだ。

ここまで大がかりなフォーメーションになると、さすがに屋内で練習することができず、穣たちは、運動部が使っていない裏庭で特訓を重ねていた。

裏庭のすぐ先は解体された旧校舎が建っていた場所で、今は更地になっている。

立ち入り禁止のプレートがかけられたフェンスの前に立つ警備員のオジサンが、面白そうに穣たちの様子を眺めていた。

一年生女子を太腿に乗せている穣たちの前で、軽快なステップを踏んでいるフロントダンサーの中に、詩織の姿はない。

視聴覚室での言い合いから三日がたっていたが、あの日以来、詩織は練習にこなくなった。マヤが連絡を入れたところ、本当に体調を崩しているらしかった。

詩織の立ち位置だけがぽっかりと空いているフロントを眺めながら、穣は内心ため息をつく。

ほんと、ごめん――。

うつむいて肩を震わせていた詩織の姿が脳裏をよぎった。

大きな瞳から涙がぽたぽたと散ったとき、仮設訪問以来、なんとか詩織を支えていた細い芯が、ついにぽきりと折れる音を聞いた気がした。

今は、そっとしておく以外に、方法はないのかもしれない。

真っ直ぐな芯ほど、折れてしまったときのダメージは大きいのだろう。

だが、フラガールズ甲子園は今月下旬に迫ってきている。

とりあえず、詩織が中心になって編み上げたフォーメーションを少しでも完璧にしておくことが、今の自分たちにできる最善の策に違いない。

詩織に代わって指揮をとっている副会長の基子もまた、そう考えているらしかった。

「はぁあああ……」

ふいに、大仰なため息が耳をついた。

かたわらの宙彦が、一年女子を持ち上げたまま、沈鬱な表情を浮かべている。

紛糾の糸口が、自分を巡っての一年女子たちの諍《いさか》いだったことに、いたく責任を感じているようだった。

松下や田中のような男子相手であれば、堂々と正論が言えるのに、面と向かって女子を相手にした途端、宙彦は案外腰が引ける。

自分のハンサムが憎い、時々、袋をかぶって歩きたくなる、と、昨日も嫌みにしか聞こえない愚痴を言っていた。

まあ、こいつ、見てくれ以外は結構ザンネンなんだけどな――。

何気なく、その向こう隣に視線をやり、穣は眼を見張った。

落ちこむ宙彦以上に、健一が大変なことになっている。

女子を太腿に乗せたまま、中腰で前を見据えてバランスを取り続けるのは、穣たちでも結構きつい。

一応、一番体重の軽い女子とペアを組んでいるのだが、それでも健一は額から汗を滴らせ、眼をむき出し、全身をぶるぶる震わせ、息も絶え絶えになっていた。

これでは、上に乗っている女子も相当怖いだろう。

見れば、笑顔どころか、完全に引きつってしまっている。

「そーれ！」

ようやく基子の号令がかかった途端、ついに健一がぐしゃりとつぶれた。

女子が悲鳴をあげて地面に投げ出される。

だが基子は、中断しようとはしなかった。実際、健一はこのコンビネーションを、まともにやりおおせたためしがない。ここで中断していたら、先に進めなくなってしまうのだ。

毎度毎度、地面に投げ出される女子は、べそをかきながら懸命に立ち上がった。

穣たちも女子を下ろし、次のフォーメーションに入る。宙彦と向かい合い、ステップを踏みながら功夫《カンフー》のように拳を交え合う。

「はぁあああ……」

ここへきても、宙彦はまだため息をついていた。

「うざってぇ野郎だな。そんなに気になるんなら、朝井にびしっと言ってやれよ」

息を弾ませながら囁くと、宙彦は沈鬱な表情で首を横に振った。

「ご婦人に失礼なマネはできないように、子供の頃からしつけられてるんだよ。上品に育ちすぎたのが運の尽きだね」

やっぱりこいつは、近いうちに殴ったほうがいい。

そうこうしているうちに、ラストの大技がやってきた。

フロントの女子たちが華麗なステップを踏んでいる後ろで、穣たちは一年女子を肩に乗せる準備をする。

そして。

「イィイイヤァアアアアーッ！」

マヤのかけ声を合図に、女子を肩に乗せて一気に立ち上がり、全員でポーズを決める、はずだったのだが——。

「きゃあああああっ」

マヤの気合の入ったかけ声をかき消す、切羽詰まった悲鳴が響き渡った。

「うわっ、危な……！」

思わず穣も声をあげる。

ただでさえヘロヘロの健一が、女子を肩車して無理やり立ち上がろうとした途端、バランスを崩して、真後ろに倒れこんだのだ。

凄まじい音をたて、健一が女子もろとも後頭部から地面にひっくり返る。

「おーい、お前ら、危ねっどー」

フェンスの前から見ていた警備員のオジサンまでが、見かねて声をかけてきた。

「ご……ごめん……！」

健一はあわてて手を差し伸べたが、泥まみれになった女子は、その手を勢いよく振り払う。

「もう、やだ！　痛いし、怖いし、危ないし、もうやだ！」

ついに女子は、声をあげて泣き出してしまった。

散々我慢してきたのだろう。膝も肘も、あちこちが擦りむけてしまっている。何度も転がされたり、なぎ倒されたりしてきた彼女を説得することは、もはや誰にもできそうになかった。

こんなとき――。

詩織だったら、一体、どうするだろう。

〝大丈夫だよ。なんとかなるって〟

フラをやり始めた当初、絶望的な状態だった自分たちの背中をいつもそうやって押してくれていた詩織の姿が、ふと穣の脳裏をよぎった。

「あのー、こここそ、配置換えしたほうがいいんじゃないっすかぁ」

そのとき、間延びした声があがった。

「薄葉の上、自分が乗りますよ」

浜子が飄々《ひょうひょう》とした表情で腕を組んでいる。

由奈たち一派は相変わらず、気の向いたときにしか参加しようとしないが、なぜか浜子だけは、ここのところ熱心に練習に日参している。

「で、でも、浜ちゃん……」

基子が困惑したように眉を寄せた。擦りむいた肘を抱えて泣いている一年女子より、浜子のほうが明らかに体重があるように見える。

「大丈夫っすよ。自分なら、投げ出されても普通に着地できますし」

浜子はへらへらと笑った。

「それに、こんなの、気合っすよ。自分なら、気合で、持ち上がってみせますよ」

自信たっぷりに、浜子は胸を叩く。

「ここはひとつ、DJハマーにまかせてYO！」

突如ラップ口調になると、浜子は「YO！　YO！」と腕を胸の前でクロスしてみせた。

まじかよ――。

全員が半信半疑で顔を見合わせる。

「じゃあ、ちょっと休憩入れてから、次は薄葉君と浜ちゃんでやってみようか」

基子の言葉に、泣いていた女子はようやく解放されたように肩から力を抜いた。

「余裕っすよ、余裕。なあ、薄葉」

健一の肩を叩きのめし、浜子は豪快に笑っている。

猛烈な日差しを放っていた太陽が傾き、西の空が徐々に橙色に染まり始めた。練習の後、穰は宙彦と共に木陰に入り、アイスをかじっていた。

三月までアーヌエヌエ・オハナに在籍していた三年生が、陣中見舞いにソーダ味のアイスを差し入れてくれたのだ。

「もうすぐフラガールズ甲子園だものね。男女混合とは、シオリンもよく考えたもんだわ」

現在は筑波大目指して猛勉強中だという二人の上級生は、そう言って全員分のアイスを振る舞ってくれた。

詩織の不在については、基子が体調不良だと説明していた。

「しかし、そもそもフラガールズ甲子園とやらに、男が参加していいのかね。俺たちは、ガールじゃないだろう」

穣の呟きに、宙彦は「ちちち」と舌を鳴らして指を立てた。

「穣は古いね。今は、男とか女とかいう時代じゃないんだよ。第一、フラにも、オテアにも、れっきとした男踊りがあるじゃないか。性別を乗り越えたところに、見えてくるものがあるんだよ」

さっきまで散々落ちこんでいたくせに、偉そうなことを言う。

「お前はまず、朝井の壁を乗り越えろよ」

「それを言わないでくれよ、穣～」

「わっ！　くっつくな。アイス、落ちる」

しなだれかかってくる宙彦を振り払っていると、大河がのっそり近づいてきた。

西日を背景に、巨体が際立つ。今さらながら、どう見ても一年生には見えない。

「薄葉は？」

最後のひと欠片《かけら》をかじり取ってから声をかける。

「真壁につかまって、居残りっす」

「あー……」

穣は宙彦と顔を見合わせた。

休憩の後、今度は健一と浜子のペアでオテアの通し練習を行なったことを思い出す。

気合で持ち上がってみせると宣言した浜子ではあったが――。

〝やいっ、テメー！　しっかり立てっ、このモヤシ！〟

実際にリフトに入るやいなや、男子が女子を持ち上げているあいだ中、浜子が健一を叱責しまくった。

まさか、気合とはこのことか。

しかも最後の肩車ではやっぱりもろ崩れになり、地面に投げ出された浜子は絶叫した。

〝いってぇえな、コンチクショウ！　テメー、それでも男かぁあああーっ！〟

ヤンキー丸出しの、鬼のような形相だった。

その問題の二人が、未だに居残り練習をしているという。

「大丈夫なのかね、あの二人」

「大丈夫っすよ」

穣が眉を寄せると、大河は巨体を揺すって低く笑った。

「あれくらいはっきりしてるほうが、逆に気遣わなくて済むから、健ちゃんは楽なはずっす」

その言葉に、穣は軽く口元を引きしめる。

大河が言うように、おそらく健一は、無言の圧力に耐えるほうがつらいのだろう。

居住制限区域から避難してきたにもかかわらず、浜子は実にあっけらかんとしている。

それだけでも、もしかしたら健一にとってはありがたいのかもしれなかった。

父は、僕たちのために会社を辞《や》められないんです――。

仮設訪問からの帰り、健一は思い詰めた表情でそう言った。健一の家には、年の離れた双子の妹がいるのだそうだ。

元々経理畑だった健一の父は、事故後、突然、避難区域の人たち相手の渉外担当に回されたのだという。

「……でもあいつ、ちょっと背負い過ぎじゃないか」

穣は率直な思いを口にした。

正直、事故を起こした側の立場は想像がつかないけれど、自分が健一だったら、そこまで父親の仕事に責任を感じたりはしないと思う。

健一の態度は、あまりに真面目が過ぎるのではないか。

「仕方ないっすよ。健ちゃんは、昔からああだから。いろんなことに、責任持っちゃうタイプなんすよ」

大河は緩い笑みを浮かべる。そうやって鷹揚《おうよう》に構えると、ますますオッサン臭い。

「先輩」

担いでいたスクールバッグをあけ、大河はおもむろになにかを取り出した。

「羊羹、食います？」

一本丸のままの羊羹を、ぬっと突き出される。

「……もらうわ」

一瞬ためらったが、今回は素直に好意に甘えることにした。

「僕も」

宙彦も頷く。

すると、大河は綺麗に羊羹の紙をむき、付属の竹串で適量に切り分けてから、それを差し出してくれた。料理人の息子らしい、手早く丁寧な仕草だった。

ひと口かじれば、小豆の自然な味が口に広がる。思ったより、甘くないので助かった。

「久々に食うと結構美味いな、羊羹」

穣の呟きに、大河は満足そうな笑みを浮かべる。

それからしばらく、男三人で、黙々と羊羹を食べた。赤く染まってきた空を、小さな蝙蝠《こうもり》が不規則な軌道でひらひらと舞っている。

「自分、四月一日生まれなんすよ」

ふいに、大河が口を開いた。

「四月一日生まれって、なんでか早生まれになっちゃうんすよ」

「ああ」

穣も、どこかでそう聞いたことがあった。

「小三まで、まじ、地獄でした」

大河がしみじみと呟く。

「自分、子供のとき、体小さかったし」

「まじかよ！」

「本当に？」

期せずして、宙彦とまったく同時に声をあげてしまった。

「小三まで、クラスで一番小さかったっす」

今の大河を見ている限り、信じられない話だ。

だが本当に、昔の大河は病弱だったらしい。十歳になった途端、いきなりむくむくと大きくなり、丈夫になったのだと大河は語った。

「その頃から、柔道始めたんすけどね。でも、十歳まではまじつらかったすよ。クラスの全員自分よりひとつ上みたいなもんすから」

子供時代の一歳の差は大きい。

漢字を書くのも、九九を覚えるのも、五十メートルを走るのも、大河は常にクラスの最後尾だったという。

「苛《いじ》められるたんびに、健ちゃんがかばってくれました」

近所に住む五月生まれの健一は、子供時代の大河にとって、まさしく兄のような存在だったらしい。

その頃から健一は責任感が強く、まだ赤ちゃんだった双子の妹を含め、近所の年下の子供たちの面倒をよく見ていたそうだ。

「健ちゃんは、本当は強い男っすよ。ちょっと痩せてて、声が小さいすけど」

声は小さ過ぎる気がするが――。

それでも大河にとって健一は、今でも頼れる兄なのだ。

父にばかり重責を押し付けたくない。自分もまた、慰問活動を行なっているフラ愛好会に入って少しでも社会貢献したい。健一が心にそう決めたとき、大河は迷わず後を追うことにした。

健一の父のことで、なにかを言う奴がいたら、今度は自分が健一を守りたいという気持ちもあったのだろう。

「健一君は、きっと大丈夫だね」

宙彦が爽やかな笑みを浮かべる。

ようやく、王子オーラが戻ってきたようだ。

「そうだな」

穣も強く相槌《あいづち》を打った。

暮れていく空を眺めながら食べる羊羹は、甘くて少しだけ苦い。

でこぼこ一年生コンビが、自主的にフラ愛好会に入ってきた理由が、ようやく分かった。

山の向こうに、新鮮な卵の黄身のような夕日が暮れていく。

仄暗《ほのぐら》い黄昏《たそがれ》の中で、初めて見えてくるものもある。すべてを照らし出す太陽だって、日が陰ってきて初めて、こうしてその姿を肉眼でとらえることができるのだ。

そう思った瞬間、徐々に赤みを増していく夕日に、なぜか詩織の泣き顔が重なった気がした。

ふいにズボンのポケットから振動が伝わり、穣は我に返る。

スマホを取り出し、ハッとした。

帰りがけに詩織の家に寄っているはずの、マヤからのメールが着信していた。

# 過去

急な石段を上ると、遠くに青い海が見える。

息を切らしながら後をついてくるマヤを待ち、穣《ゆたか》はスマートフォンの地図を確認した。メールにあった住所は、この近辺のはずだ。

「もし迷ったら、電話してくれって言ってた」

「いや、多分、もう着くよ」

電信柱の住居表示と地図を照らし合わせ、だいたいの目安をつける。きっと、この階段の上にある、タイル張りのマンションだ。

「あ、ここまで上ると、海が見えるんだね」

かぶっていた帽子のつばを上げ、マヤが水平線を見渡す。

「でもここなら、高台だし、津波がきても安心かも」

「そうだな」

海を見るとき、津波と切り離すことができなくなっている自分たちを、穣はどこか遠くで感じた。

「いい風」

飛ばされないように帽子をおさえながら、石段の上に立ったマヤが伸びをする。藍色の小花模様の散った白いワンピースの裾が揺れた。

私服姿のマヤとこんなふうに二人きりで歩くのは、初めてだ。

ケイトウが鮮やかな深紅の花を咲かせている生け垣を曲がり、穣とマヤは、ようやく目的のマンションのエントランスにたどり着いた。

部屋番号を間違えないように呼び鈴を押すと、すぐにオートロックが解除された。

ドアの前に立ったとき、少しだけ緊張した。思えば、よく知らない大人の家を訪ねること自体、あまり経験がなかった。

扉が開くと同時に、バンブーのドアチャームがからころと音をたてる。

「いらっしゃい」

丸々と太った赤ちゃんを抱いた木原唯が、開いた扉の向こうから明るい眼差しで自分たちを見ていた。

穣たちが通されたのは、窓の外に遠く水平線を望めるリビングだった。

広くはないが、木造りの家具が並ぶ、明るい部屋だ。木目の浮かんだテーブルの上に、ガーベラを活《い》けたガラスコップが置いてある。

「楽にしていてね。ちょっと、先にこの子を寝かせてきちゃうから……」

赤ちゃんを抱いて奥の部屋に入っていく唯の背中を見送り、穣はマヤと並んでテーブルについた。

ベランダにはゴーヤの棚があり、黄色い花のそばに、いくつか小さなゴーヤが実っている。その向こうに、日差しを受ける手鏡のような海が見えた。

「ごめんね。一緒にきてもらっちゃって」

ふいに、隣に座っているマヤが呟くように言う。

「いや、いいよ。俺も気になってたから」

穣は正直な気持ちを口にした。

昨日、練習の後、大河からもらった羊羹を食べていると、マヤからメールがきた。練習の帰りに詩織の自宅に寄ったところ、マヤは詩織の祖母から今回のフラガールズ甲子園の参加はとても無理だろうという話をされたという。

「シオリン、おばあちゃんと二人だけで暮らしてるの。私、そんなことも、なんにも知らなかった」

木目の浮かんだテーブルの上で指を組み、マヤは小さくため息をついた。

「アンゼのことも、なにも知らなかったけど、結局私、シオリンとも、そういうことを話したことが一度もなかったの」

それは、穣にも分かる。

震災を経てから、自分たちは家族や出身地について明け透けに語ることを控えるようになった。小学校によっては、震災のこと自体を話さないように指導するところもあったようだ。

「でもね、シオリンのご両親は、別に震災で亡くなったとか、そういうことではないんだって」

眼鏡の奥の眼を伏せ、マヤは詩織の祖母から聞いた話をぽつぽつと語り始めた。

生まれてすぐに両親が離婚して、以来詩織はひとり暮らしだった母方の祖母に引き取られて育ったのだそうだ。東京で暮らす母とは時々会っているらしいが、父との交流はないという。

「おばあちゃん、シオリンがこのまま学校にいけなくなっちゃうんじゃないかって、すごく心配してた」

「まさか……」

言いかけた穣を遮るように、マヤは首を横に振った。

「だって、私が何回メールを送っても、直接家まで訪ねても、顔も見せてくれないんだよ」

正直穣は、詩織がそこまで落ちこんでいるとは思わなかった。

けれど同時に、眼に涙をいっぱいにためた詩織が顔を上げたとき、真っ直ぐな芯がぽっきりと音をたてて折れた気がしたことを思い出す。

「それにね、震災の後も、シオリン、学校にいけなくなっちゃったんだって」

真剣な眼差しで見つめられ、穣は言葉に詰まった。

マヤはテーブルの上で、指先が赤くなるほどきつく、両手を組んでいる。

「そりゃ、あの震災の後は、私だってしばらく、学校なんていきたくなかったけど。特に中学って、地元の子ばっかりで、なんか容赦がないところあるから」

その言葉に、穣も当時のことをぼんやりと思い返した。

震災時、小学六年生だった自分たちは、その後、不安な状態のまま中学生になった。町は混沌《こんとん》としていて、小学校の卒業式ができなかったところも多かった。

中学は地元の友達ばかりで気楽な面もあったが、大人たちが陰で口にする不安や偏見を敏感に受けとめ、転入生を露骨に避けたり、あるいは転校していく側を激しく罵ったりする生徒も、一部には存在した。

学校側が震災のことを生徒同士で話すなと指導したのは、そうしたことが背景にあったせいかもしれない。

「だから、高校では、あんまりお互いのことに干渉しないほうがいいのかなって思ってたんだけど……」

マヤは言葉を途切れさせ、小さく唇を噛んだ。

祖母の話によれば、中学時代の詩織は、一時ほとんど不登校になってしまっていたという。

特に一年生のときは、数えるほどしか登校できなかったのだそうだ。

「私は、明るくて、みんなをどんどん引っ張っていってくれるシオリンのことしか知らなかったから、アーヌエヌエ・オハナのことも、ほとんどまかせっきりにしちゃってたし」

組んでいた指を放し、マヤは分厚いレンズの奥の眼を瞬《しばた》かせる。

「でも、もしかしたらそれって、シオリンにばっかり負担をかけちゃってたのかもしれない」

「いや、それはどうかな」

出会ったばかりの詩織の様子を、穣は思い返した。

「あいつは、自分のやりたいようにやってただけだと思うよ」

だからこそ、行き詰まった途端、ぱったりと道が見えなくなってしまったのだろう。

詩織は単純に、気づいていなかったのだと思う。仮設の人たちの気持ちにも、基子の気持ちにも、健一の気持ちにも。

でもそれは穣も同じだ。

穣だって、誰の気持ちにも気づいていなかった。

そして、多分、他のみんなも。誰も、他人の気持ちには気づかない。気づきたくても、気づけない。

二人が黙ると、窓の外から蟬の声が響いた。ミンミンゼミやアブラゼミの他に、いつの間にか、晩夏ゼミのツクツクホウシの声が交ざるようになっていた。

窓から吹きこむ風が、時折軒先に下がっている江戸風鈴をからりと鳴らす。

「待たせてごめんね」

やがて、アイスティーを盆に載せた木原唯がリビングに戻ってきた。

「こちらこそ、すみません。突然、押しかけて」

マヤが椅子から腰を浮かして頭を下げる。

「いいのよ。お土産までいただいちゃって。一緒に食べようね」

唯は、マヤが持参したロールケーキを切り分けて、皿の上に載せた。

「……で、詩織が、また引きこもっちゃったんだって？」

ロールケーキを差し出しながら、唯が小さな笑みを浮かべる。

穣にとっては、とても信じられない今の詩織の様子も、唯にとっては、ある程度予測がつく事態のようだった。

唯が比較的泰然としているので、穣もマヤもかえって肩の力が抜けた。

「暑くない？　クーラー苦手だから切ってるけど、我慢できなくなったら、遠慮なく言ってね」

唯がエアコンのスイッチをテーブルの上に置く。

高台の部屋は気持ちのよい風が通るので、暑がりの穣でも問題はなかった。

アイスティーのコップを傾けながら、唯はひと通り、マヤの話を聞いていた。仮設の老人に厳しく諭された段に話が至ると、唯はかすかに悲しげな顔をした。

「……それで、以前、シオリンが中学にいけなくなったとき、登校のきっかけを作ってくれたのが唯先生だったって、おばあちゃんから聞いて……」

息せき切って話そうとするマヤに、唯は穏やかに頷いた。

「それで、わざわざ訪ねてきてくれたんだ。二人とも優しいね」

柔らかく微笑みかけられ、穣はなんとなく視線を外す。

きっと唯先生なら、なにか解決策を授けてくれるかもしれない――。

昨日、マヤにメールでそう相談されたとき、穣も同行に同意した。いつの間にか男子のリーダー格にされてしまっているのは面映《おもはゆ》かったが、ここまできて、知らぬふりはできないと思った。それに、今回の詩織の件に関しては、顧問代理の花村に相談するより、木原唯に会うほうが現実的な気がした。

唯と詩織の間に、穣たちが知らない関係性があるのは、明らかだったからだ。

「私と詩織はね、阿田市内のハラウで初めて会ったの」

アイスティーのコップをテーブルの上に置くと、唯はゆっくりと話し始めた。

「ハラウっていうのは、ハワイで本格的にフラダンスを学んだクム……先生が、開いている教室のことね。私は元々大学で陸上をやってたんだけど、就職してから、全然走れなくなっちゃって。それで、運動不足解消に、友達に誘われてフラを始めてみたの。最初は運動不足の解消なんかになるのかなって舐《な》めてたんだけど、そしたら、フラって、結構きついじゃない？」

穣もマヤも深く頷いた。

事実、フラダンスがこれほど運動量の多いものだとは、当初は思ってもみなかった。

「こんなに奥深いものなんだって、びっくりして。それで、なんだかんだで、すっかりはまっちゃったのね。お休みのたんびにハワイにまで通ったりして」

詩織が唯のいるハラウにやってきたのは、震災の年の暮れだったという。震災直後の四月に中学に入って以降、詩織はほとんど学校に通うことができずにいた。

そんな孫の様子を心配した祖母が、最初は無理やりに連れてきたらしい。

「うちのハラウのクムは、震災の後、不登校になった子供たちのケアのボランティアとかもしてたから、おばあさまがそういう情報を聞いて、詩織を連れてきたんじゃないかと思う」

当初、詩織は他の不登校の生徒たちとも馴染まず、いつもひとりきりでいたという。

ダンスのレッスンに加わることも、ほとんどなかった。

「でも、彼女、実は初めから、すごく筋がよかったのよ」

当時を思い出すように、唯は眼を細めた。

「フラの発表会の少し前に、ハラウの奥の部屋で、遅くまでレイを作っていたことがあってね」

本格的なフラダンスのレイは、生花を使う。

「レイを編むのって、結構大変なんだよ。植物の種類や色、ひとつひとつに意味があってね。大変だけど、これがはまるとまた、面白いのよ」

唯はリビングの本棚から、レイのフォトカードを何枚か抜き出して見せてくれた。

「綺麗……」

マヤがうっとりとしたため息をつく。

深い緑のシダや、色鮮やかな南国の花や木の実を幾重にも折り重ねて編んだ本場のレイは、本当に見事だった。

「その日も、作り始めたら、とまらなくなっちゃって」

唯がひとりで根を詰めてシダを編んでいると、誰もいないはずの教室からかすかにハワイアンミュージックが聞こえてきた。

不思議に思い、編みかけのレイを片手に教室にいってみると、詩織がこっそりとステップを踏んでいたのだそうだ。

「誰にも見つからないように、すごーく小さな音でCDをかけてね」

唯が教室に入ってきたことに、詩織は気づかなかった。

鏡に映る自分を見つめ、一心に踊っていたという。

「それがね、びっくりするくらい、上手だったの。見ていただけで、あれだけのステップを覚えるなんて、本当に凄いって思った」

穣は、艶やかな笑みを浮かべて舞い踊る詩織の姿を思い出した。

いつも中心に立ってみんなをリードしていた詩織は、蝶の精のように軽やかだった。

「私ね、そのとき、思わず拍手しちゃったの」

拍手の音を聞いた詩織は、ひどく驚いた。さっと表情を変え、逃げ出そうとした。

だが、緑のシダと赤いレフアの花を編みこんだレイを首にかけてやると、詩織は足をとめた。

そして初めて、照れたような笑顔を見せたという。

「でもね、私と詩織が本当に打ち解けたのは、それだけじゃないんだ」

唯は立ち上がると、リビングの奥の扉をあけた。

その向こうに、黒い仏壇が見えた。

唯に招かれ、穣とマヤも小部屋のような仏間に足を踏み入れた。花瓶に活けられた大きな芙蓉《ふよう》の奥に、柔和な笑みの老夫婦の写真が飾られている。

「私、実は結婚するまで、天涯孤独だったんだよ」

写真を手に取り、唯が淡々と告げた。

言葉を呑みこんだ穣に、唯は首を横に振る。

「別に震災とかではないの。私はね、両親が四十半ばで授かった子だったの」

寿命としては早かったのかもしれないが、唯が三十になったとき、相次いで両親が亡くなった。

「それはもちろん悲しかったけれど、でも、私にはいい友達がたくさんいたから、それほど孤独ではなかったのね」

だが――。

震災の夜、唯は初めて自分の孤独を心の底から噛みしめたという。

「あのときほど、家族がいないってことを身に沁みて感じたことはなかったな」

昨日のことのように、唯は寂しげに目蓋を閉じた。

友人にも、仕事仲間にも頼れず、停電したマンションの中、唯はたったひとりで両親の位牌《いはい》を抱えて震えていたという。

聞いていて、穣は胸が痛くなった。

あの日、穣の両親はすぐに学校に駆けつけてくれた。迎えにきてくれた父と母の姿を、あれほど頼もしく感じたことはない。それから数日間、父と母とこれ以上ないほど力を合わせて、停電や断水や、繰り返し襲ってくる余震に耐えた。

あのときだけは、家族という繋《つな》がりが、なによりも強かったように思う。

「この話を初めてしたとき、詩織がびっくりするほど大泣きしたのよ」

そのとき、唯は初めて、詩織がすべての気力を失うほど投げやりになっていた理由を知った。

詩織はずっと待っていたのだ。

毎日、毎日、福島のことがテレビで報道される中、東京にいる母が、いつか自分を迎えにくることを。若くして詩織を生んだ母は、自分の調子のいいときは、詩織を東京に呼ぶことがあったそうだ。そんなときは、ディズニーランドや映画館にも連れていってくれた。

だが、結局、詩織はいつも祖母のもとへと送り返された。

それでも、詩織は待っていた。

福島で大きな事故が起きたときだからこそ、母が自分に会いにきてくれることを、信じてずっと待っていた。

しかし、その望みは結局かなわなかった。

「詩織にはおばあさまがいたけど、まだ十三歳だった彼女には、それだけでは足りなかったのね」

ママは勝手だ。

私のことも、おばあちゃんのことも、なにひとつ心配していない。

ママは、いっつも自分のことしか考えていない——！

全身を震わせるように、詩織は泣き叫んだという。

真っ暗な震災の夜に孤独を嚙みしめた同士だったから、あんなに率直に自分の気持ちを打ち明けてくれたのだと思うと、唯は言った。

「だからね。私、詩織のためにアーヌエヌエ・オハナを作ることにしたのよ」

唯は真っ直ぐに穣たちを見た。

勤務先の高校に、フラ愛好会を作る。だから、しっかり勉強して入学してこいと励ました。

「本当はなんでもよかったの。ただ詩織に、もう一度学校に通う気力を取り戻してほしかったの」

だが唯が思う以上に、詩織はそれを自分の支えにするようになった。

その日から、唯の勤める高校に入学すべく、詩織は猛勉強を始めた。もちろん、学校にも毎日通うようになった。

そして、それから二年後。詩織は優秀な成績で、本当に阿田工業高等学校に入学した。

〝アーヌエヌエ・オハナっていうのはハワイ語で『虹のファミリー』って意味。ちなみに、ハワイ語のファミリーは血縁と関係ないから。要するに、家族みたいな仲間ってことね〟

視聴覚室で、詩織が告げてきた言葉が甦る。

〝私にまかせて、先生は安心して自分の家族を作ってよ〟

〝唯先生が帰ってくる前に、アーヌエヌエ・オハナをもっともっと大きくしたいんだ！〟

詩織が口にしていた言葉のひとつひとつの真の意味が分かり、穣は口元をひきしめる。

かたわらのマヤもじっとうつむいて、唯の話を聞いていた。

「大丈夫よ」

唯がマヤの肩に手を置いた。

「顧問として、私が詩織と話してみる」

顔を上げた穣たちに、唯は少しだけ苦し気な笑みを浮かべる。

「それに、今回、詩織が頑張り過ぎたのは、きっと私のせいだと思う」

瞬間。穣の中に、小さな違和感がうごめいた。

ママは、いっつも自分のことしか考えていない――！

全身を振り絞り、母親の身勝手を罵ったという中学時代の詩織と、茫然とした表情で、大きな瞳から涙をこぼした詩織の姿が、どこか遠くで重なった。

〝私、今まで本当に、自分のことしか考えてこなかった……〟

詩織が本当に傷ついたのは、きっと――。

「先生、ちょっと待ってください」

この日、唯に向かい、穣は初めてまともに口を開いた。

# それぞれの思い

蒸し暑い午後だった。

室内にいても、鮮明に蟬の鳴き声が響く。今や蟬しぐれの中で最も優勢なのは、ミンミンゼミでもアブラゼミでもなく、ツクツクホウシのようだ。

その日、基子の号令で、フラ愛好会の全員が視聴覚室に集められた。

顧問代理の花村宛に、詩織から、正式にフラガールズ甲子園不参加の申し出があった。理由は体調不良。

基子のところにも、自分を抜かしたフォーメーションの詳細を記したメールが届いたそうだ。

ついにきたかと、穣《ゆたか》は基子のかたわらに立っているマヤを見た。

マヤは瓶底眼鏡の奥の眼を沈鬱に伏せている。マヤにも昨夜、詩織本人から、不参加を詫《わ》びるメールが入ったらしい。

「それで」

基子は腕を組んで、全員の顔を見回した。

「今日、みんなに聞きたいのは、フラガールズ甲子園の参加をどうするかなんだけど」

今までアーヌエヌエ・オハナを引っ張ってきたのは詩織だ。その詩織を抜きにしても大会に出場するか、あるいは大会そのものをキャンセルするか、その決《けつ》をこの場で採りたいという。

フラガールズ甲子園は、一週間後に迫っていた。

「会長が抜けた後のセンターは、どうするんですかぁ？」

視聴覚室の後方に集まっている由奈の一派から声があがる。机の上に座っている彼女たちは、基子が説明している間もずっと小声で雑談をしていた。

「まずはそこだよねぇ。どうせ出るなら勝ちたいし」

「本当に優勝目指せるかどうかにもよるよねー」

雑談の延長のような口調で、由奈たちは勝手に盛りあがる。

「優勝目指すなら、由奈がセンターいったほうがいいっしょ」

取り巻きのひとりが、由奈に声をかけた。

「え？　でも先輩いるし……」

わざとらしく戸惑ってみせる由奈に、取り巻きたちが次々と声をあげる。

「由奈のほうが絶対踊れてるって」

「それに、センターはやっぱ華のある人のほうがいいっしょ」

よくしこんであるものだと、穣は鼻白んだ。とんだ猿芝居を見せられている気分だった。

「本当に優勝目指すなら、この際メンバーも選抜のほうがいいんじゃないですかぁ？」

「だよねー。足手まといもいるもんねぇ」

派手系女子ににらまれ、旧メンバーの四人の一年女子たちが、教室の隅で肩を寄せ合う。

ただでさえ好き放題だった由奈たちは、会長の詩織が抜けた今、本格的に主導権を握ろうとしているようだった。

「オタクのくせに、舞台とか立とうとしてんじゃないよ、ブス」

取り巻きのひとりが教室の隅の一年生を小声で威嚇し始めたとき、基子が声を荒らげた。

「やめなさい！」

一瞬、視聴覚室内がしんとする。

「まず、言っておくけど、朝井さんのセンターはないから」

周囲を見回し、基子はきっぱりと宣言した。途端に、由奈がすっと眼を据わらせる。

「なんでですか」

あまりにはっきり否定され、猫をかぶっている余裕がなくなったようだ。由奈は本性丸出しの険しい眼つきで、基子をにらみつけた。

「朝井さん、基礎練習こないじゃない。そんな人に、センターに立つ権利なんてあるわけないでしょ」

「じゃ、誰がセンター立つんですか。安瀬先輩ですか」

明らかに挑戦的な由奈の口調に、「えー、ショートなのにぃ？」と、取り巻きたちが呼応する。

フラダンスのセンターには、基子のようなショートヘアはあまりいない。

「それに、練習にこないのは、澤田先輩だって同じじゃないですか。今回だって、会長なのに、こんなの無責任だと思います」

由奈の正論に、基子がぐっと押し黙る。

「だいたい、なんで、会長は突然こなくなっちゃったんですか。この間、揉めてたのは先輩たちじゃないですか」

由奈は痛いところをついてきた。

揉めていたのはお前たちだと指摘された基子は、ぴくりと口元を引きつらせた。

「勝手なことしてるのは、会長だって同じじゃないですか。だったら、どうして会長のセンターはよくて、私のセンターは駄目なんですか」

勢いづいた由奈はどんどん言い募り、ついには基子を沈黙させた。

このままでは、まずい――。

穣が口を開こうとしたとき、かたわらの長身が動いた。

「詩織君と君が、同じなわけがないだろう！」

たまりかねたように、宙彦《おきひこ》が前に出ていた。

おお、ついに腰砕け男が、ハリウッド・ヒーローに復活か。穣の胸の中で、ジョン・ウィリアムズのサントラが響き始めた。

「確かに君はダンスがうまいかもしれないが、その技術や知識を誰かに分け与えたことが一度でもあるか。僕はここへきた当初、フラなんてひとつも踊れなかった。それをひとつひとつ丁寧に教えてくれたのは、詩織君だ」

いや、あんまり丁寧でもなかったが。

穣の目蓋の奥に、ＤＶＤ一枚を押しつけて高笑いしながら去っていく、詩織の後ろ姿が浮かんだ。

「第一、君は詩織君を勝手だと言うが、僕はそうは思わない。なぜなら詩織君はいつだって、一番できない人を気にかけていた。どんなに振りが遅れる人がいても、その人を外せなんて一度だって言わなかった。だからみんな、センターの詩織君を頼りにしていたんじゃないか」

それは、確かだ。

詩織のダンスは常に、全員を分け隔てなく引っ張っていた。

そうか。そうだったのか――。

宙彦の言葉に、今度は穣も眼から鱗《うろこ》が落ちた気がした。

詩織は好き勝手にやっているようで、実はそんなことはなかったのだ。

詩織のダンスはみんなを受けいれていた。誰よりもフラのうまい詩織は、それ以上に誰よりも寛容で我慢強かった。

それは決して、自分勝手な態度ではない。

だから自分たちも、ここまでやってくることができたのだ。

「君が練習をサボっていたのと、詩織君が練習にこられなくなったのはわけが違う。詩織君がここにこられなくなったのは、彼女がアーヌエヌエ・オハナとここのメンバーのことを、誰よりも大事に思っているからだ」

宙彦が凜とした声を張りあげる。

「そんなことも分からない君に、詩織君の代わりが務まるはずがないだろう。アーヌエヌエ・オハナのセンターは君じゃない。わきまえたまえ！」

十全たる美貌の力を如何なく発揮して、宙彦は由奈たちを完膚なきまでに叩きのめした――はずだった。

ところが。

「なによ！」

顔を上げた由奈は、悪鬼のごとき形相をしていた。

「ちょっとかっこいいから、こっちが下手《したて》に出てやってただけなのに、あんまり調子に乗らないでよ！　だいたい、〝わきまえたまえ〟ってなに？　今どきそんなこと言う人、いる？　キモッ！」

「ほんとほんと、まじキモイ！」

すかさず取り巻きたちが、「キモイ」の大合唱を始めた。

なんということだ……。

穣は軽く絶望する。

あの松下さえも黙らせた宙彦の正論攻撃は、今どきの性悪女子高生《JK》には通用しないらしい。

「私、フラ愛好会、やめまーす」

あっさり言い放ち、由奈は座っていた机から飛び降りた。元々狙っていた宙彦が用済みになった以上、アーヌエヌエ・オハナに在籍している必要もなくなったのだろう。

「私もやめまーす」「私も私も」「あー、しらけたしらけた」

取り巻きたちが次々と追随する。

由奈たちがぞろぞろと出ていこうとする中、少し離れたところにいる浜子だけが、動こうとしなかった。

「いくよ、ハマー」

由奈が当たり前のように促す。

「あ、自分は残るんで」

それまでずっと黙っていた浜子が、初めて口を開いた。

「は?」

途端に由奈が眼をすがめる。取り巻きたちも足をとめた。

「聞こえなかったっすか? 残るっつったんすよ……」

浜子がどすの利いた声を出した。

その薄い片眉が、思いきり吊り上がっている。

宙彦のハンサム正論攻撃以上に、この浜子の気合の入ったメンチのほうが、由奈たちには余程効果的だったようだ。

「な、なによ、被災組だから、親切にしてあげてたのに」

悔し紛れに吐き捨て、由奈たちは逃げるようにして視聴覚室を出ていった。

由奈たちの足音が聞こえなくなると、全員がなんとなく肩の力を抜いた。

「浜ちゃん、大丈夫なの、あれ。同じクラスなんでしょ?」

基子が気を遣って声をかける。

「あ、大丈夫っすよ。お聞きの通り、あの人たちが自分を仲間にしてたのって、ただの〝いい人アピール〟っすから」

浜子はへらへらと笑った。

「でも、まあ、自分も、被災したおかげでイケテル組に入れるのは、ちょっとおいしいかなとか思っちゃったんすよねー。いやあ、まじ、大失敗でしたわ。全然、話合わねーし。逆にいい機会でしたよ、まじで」

部屋の隅に固まっていた四人の一年生が、なんとなく浜子に近づく。特に、オテアで健一の上に乗るのを代わってもらった一年女子が、怖々と浜子に歩み寄った。

結局、新メンバーの中で浜子だけが残り、一年生の女子は五人になった。

「それじゃ、あらためて決を採りたいんだけど」

基子が話をもとに戻す。

「フラガールズ甲子園、みんなは出たい？　出たくない？」

真っ先に手を挙げたのは、意外にも健一だった。

「薄葉君」

基子に指され、健一はよろりと立ち上がった。

「……ス」

頑張って先陣を切った割に、相変わらず、なにを言っているのか分からない。

基子が聞き返そうとした、そのとき——。

「だっから、おめーは、いっつもなに言ってるか分かんねんだよ！」

いきなり浜子が大声をあげた。せっかく歩み寄っていた一年女子たちが、驚いて後じさる。

構わず浜子は健一の前で仁王立ちになった。

「ほんっと、いらいらする野郎だなぁ。わけ分かんねえことで、すぐにぺこぺこ謝るし！」

ずんずん迫られ、健一は壁まで追い詰められる。

「あのなぁ、人間、お互いなに考えてっか分かんねんだから、言葉ってもんがあんだよ。せっかく、おめーは意見があんのに、それをしっかり伝えられなくてどうすんだ！」

穣はハッとした。

ここ数日、ずっともやもやと考え続けていることを、端的に言い当てられた気がしたのだ。

「先輩、普段、こいつ、一体、なに食ってんすか？」

いきなり浜子に振り向かれ、穣は言葉を呑みこむ。

「えーと……、健一君はいつも、サンドイッチだねえ」

「サァアンドイッチィイイ？」

かろうじて答えた宙彦に、浜子は眼をむいた。

「そんな小洒落たもん食ってっから、力が入んねんだよ。日本男児なら米だろ、米！米と肉食えよ！」

しっかたねえなぁと呟きながら、浜子は自分のスクールバッグをあけた。

そしてそこから弁当箱を取り出すなり、壁に押しつけられたミイラのようになっている健一に、真っ直ぐに突きつける。

「やる！」

健一の眼を見て、浜子はきっぱりと言った。

「あたしの手作りの肉巻きおにぎり。練習後のおやつのつもりだったけど、お前にやる」

茫然としつつも健一がなんとかそれを受け取ると、浜子は満足げな顔になった。

「じゃあ、ちゃんと意見言えよ」

にやりと笑い、浜子は健一の背中を叩きつける。そのとき、健一の背筋が本当にしゃんと伸びた気がした。

「僕は、出たいです」

おお――。

全員が感嘆する。

いつもの健一からは考えられないほど、しっかりとした声だった。

「……僕、最初は苦行のつもりでフラ愛好会に入ったんです」

「苦行？」

基子が怪訝《けげん》そうに聞き返す。

健一は頷いた。

「僕の父は、震災後、いきなり職場の異動で、避難区域の人たち相手の渉外担当になりました。その途端、どっと老けました」

「それで？」

基子の口調が少し尖《とが》る。

「フラ愛好会に入ることと、お父さんのことと、どういう関係があるの？」

「父が渉外を担当するなら、僕は慰問をしようと思ったんです」

「どうして？」

「……よく分かりません」

健一は力なく首を横に振った。

「でも、父にだけ、大変な思いをさせるのは嫌だったんです。僕もなにかしないと気が済まないというか……」

「それで、フラ愛好会に入って慰問をすれば、お父さんの責任が軽くなるとでも思った？」

基子の淡々とした問いかけに、健一はもう一度、首を横に振った。

「いえ。それは無理でした。この間の仮設訪問で、はっきりそう思いました」

大河が拳を握りしめて健一を見ている。

宙彦もマヤも、心配そうに二人の問答の行方をうかがっていた。

「じゃあどうして、薄葉君はフラガールズ甲子園に出たいと思うの？」

基子が腕を組んで、健一を見つめた。

「うまくなったからです」

全員がハッとする。

健一は、しっかりと声を張って続けた。

「僕は元々、人前に立つのが苦手です。運動も不得手だし、力もありません。でも、男子の先輩たちもできて、フラ・アウアナも、タヒチアンダンスのオテアも、一応、踊れるようになりました」

浜子が小声で「まだ、リフトができねえけどな……」と突っこむ。

「でも、最初に比べれば、ものすごくうまくなりました」

健一は、負けずに言い切った。

「……俺も出たいっす」

のっそりと、大河が手を挙げる。

「私も出たい」

「私も」

四人の一年女子たちも、次々と手を挙げた。

「話してくれて、ありがとう」

基子は健一の肩にそっと手を置いた。

それからすぐに、穣たちを振り返る。

「二年生は？」

「もちろん、出たい」

宙彦が手を挙げた。

「マヤは？」

基子に促されても、しばらくマヤはうつむいたままだった。

「……私は、やっぱりシオリンと一緒に出たい」

やがて、マヤが消え入りそうな声で呟いた。

「アーヌエヌエ・オハナ、全員で出場したい」

マヤは顔を上げ、全員を見回した。

「それは……」

言いかけて、基子が口をつぐむ。

後に続く言葉は、「もう無理」だったかもしれないし、「みんな、同じ」だったかもしれない。

きっと、もっと早くに、こういう話し合いをすればよかったのだ。

さっきの宙彦や、今の健一の言葉を聞いていれば、詩織があれほど傷つくことはなかっただろう。

だが、太陽が照り続けている間には、見えてこないものもある。言い換えれば、自分たちは今まで、詩織という太陽に頼り過ぎていたのだ。

「あのさ」

穣は一歩前に出た。

「俺に、ひとつ、考えがあるんだけど……」

校舎を出ると、もうすでに日が傾いていた。

校庭は、まだサッカー部と野球部が二分して使っている。トラックを走っているのは陸上部と体操部か。

よーい、へーイ！

そして——。屋上から降ってくる独特のかけ声は、水泳部のものだ。

今頃屋上のプールでは、開閉式の天窓を開け放ち、長時間の練習をしているはずだ。

今年は、全国大会まで駒を進めた選手はいるのだろうか。

そうしたことを、穣は自分でも驚くほど淡々と考えていた。そこに、苦さのようなものは少しもなかった。

ふと、こうして校庭を歩いているときに、いきなり詩織に立ちふさがれたことを思い出す。

いつの間にか自分は、あれからずいぶん遠くまで歩いてきてしまったようだ。

「辻本くーん」

自転車置き場までくると、後ろから自分を呼ぶ声がした。

振り向けば、マヤが息を切らして駆け寄ってくる。

「バス停まで一緒に帰ろうよ」

二人で木原唯教諭のところまで出かけた以上、今さら照れるのもおかしい気がした。

穣が自転車を引いて歩き出すと、マヤはすぐにその隣に足を踏み出した。じれったいような暑さの中、草むらのクサヒバリがひょろろと頼りない声をあげる。

「うふふ……」

校門を出たところで、ふいにマヤが忍び笑いを漏らした。

「なにがおかしんだよ」

「だって」

肩までの茶色い髪を揺らしながら、マヤが穣を見上げる。

「唯先生にあんなふうに言ったのって、こういうことだったんだなぁって、思って」

――先生、ちょっと待ってください。

顧問として詩織を説得すると言った唯を、穣は押しとどめた。

詩織の空回りを、唯は自分のせいだと言った。

産休中の顧問の代役を立派に務めようと、必要以上に張り切り過ぎてしまったのだと。

もちろん、それも一因だろう。

ただ今回の一件は、それだけが要因ではないと穣は感じた。

これは唯と詩織だけの問題ではなく、自分たち全員の問題だと思ったのだ。

「うまくいくかどうかは知らないぞ」

「うん。でも、私はすごくいい考えだと思う」

マヤは嬉しそうに笑う。

「やっぱり、フラ愛好会に入ってくれたのが辻本君でよかった。辻本君を男子のリーダーに選んだ詩織の眼に間違いはなかったよ」

「あいつは、水泳部時代の俺の体に眼をつけたんだって言ってたぞ」

「うん。でも、それだけじゃないよ」

黄色信号が点滅する大きな交差点を曲がり、阿田川沿いの道に出た。

百日紅《さるすべり》の並木がピンク色の花をどこまでも咲かせている。

日が陰ってきてもおさまることのない暑さに汗をぬぐいながら自転車を引いていると、突如、マヤがとんでもないことを口にした。

「私たちね、実は東棟の屋上のソーラーパネルの横から、いっつも水泳部をのぞいてたんだ」

「はあっ⁉」

突然立ちどまったので、自転車がガチャリと音をたてた。

「あ、別に変な意味じゃないよ。オテアを踊れそうな、半裸が似合う男子を探してたの」

充分変な意味だろう。

しかし、次にマヤが口にした言葉に、穣は自分でもふいをつかれた。

「そのとき気づいたの。同学年の中で、泳ぐのが遅い人の頭をビート板で叩いたり、後片づけを押しつけたりしないのって、辻本君だけだった」

穣はふと、素足で歩くプールサイドの感触や、塩素の匂いを思い出した。

泳ぐのは嫌いじゃなかった。ただ、タイムの遅い人間にビート板運びをさせたりする、部の雰囲気が嫌だった。

だから、水泳部をやめたのだ。

いや、違う。そうじゃない――。

もっと正確に言えば、そういうことばかりしている松下のほうに、みんながついていってしまうのが嫌だった。

辻本は、いい奴ぶってるだけ。これじゃ次にくる後輩に示しがつかない。強くなるためには仕方がない。辻本は甘い。

みんなが選ぶのは、松下の言葉のほうだ。

そのたび、自分の存在に価値がないと言われているようで、どんどん自信がなくなった。どうして、そっちにいくんだよ。

松下がきた途端、急によそよそしくなる部員の背中を見るたび、喉まで出かかった言葉を呑みこんだ。

「実はね、私、松下君とは家が近所で、小中一緒だったんだ」

足元を見つめながら、マヤが呟く。

バス停についても、マヤは歩みをとめようとしなかった。バス停の前を通り過ぎると、どちらからともなく、自然と海のほうに足が向かった。

「私ね、中学に入ったばっかりの頃、学校でもしょっちゅう泣いてたんだ。ほら、前に話したでしょ？　飼ってた犬がいなくなっちゃったって」

「ああ」

「勉強してても、遊んでても、ジョンのことが頭から離れないの。鎖に繋がれていたジョンが自分で逃げられるわけないのに、どうして助けにいかなかったんだろうって、繰り返し繰り返し、考えてしまうの」

そうすると、教室でも、校庭でも、どこにいても際限なく涙が出た。

震災の直後は、マヤのように学校で突然泣き出す生徒も多く、誰もがそっとしておいてくれたそうだ。

「でもね、そのうち、だんだん時間がたつと、そういうことをすごく怒る人たちが出てきたの。特に私の場合は犬だったから、そんなの家族や友人を亡くした人に比べれば、どうってことないだろうって、大声で怒鳴られたりしたの」

いつまでもメソメソするな。

お前ひとりのおかげでクラスが暗くなる。

みんなが前に向かっていこうとしているときに、足を引っ張るな――。

マヤは随分といろいろなことを言われたらしかった。

「そういう言葉って全部正しいから、ひとりの人が言い出すと、急にみんなが言うようになって、気がつくと、ものすごく大きな声になってるの。そうすると、それまで黙って見ててくれた人たちまで、わーって、そっちにいっちゃうのね」

堤防沿いまでくると、海風が吹いてきた。

マヤの髪がなびき、夏服のスカートの裾が揺れる。

「私ね、高校まで松下君と同じクラスになっちゃって、本当にものすごく嫌だった」

松下は、中学のクラスの中でも特にそうしたことを声高に言うグループに属していたという。

「だって、松下君ちは浸水もなかったんだよ。でも、そんなこと言ったら、なに言われるか分からなかった。被害があったほうが偉いのかって、凄《すご》まれたこともあったし」

マヤがクラスであんなにも萎縮していた理由が、初めて分かった気がした。

「ただね」

マヤが分厚いレンズの奥から、穣を見上げる。

「小学校のときの松下君て、ちっとも今みたいじゃなかった。なんかいっつもびくびくしてて、全然目立たなかったんだよ」

「へえ……」

びくびくした、松下。

穣には、なんだか想像ができなかった。

「でもね、だから私には、松下君って、いっつも大声で言えることを、必死になって探してるみたいに思えちゃう」

穣は驚いてマヤを見る。

「多分、そうしていないと、不安なんだよ。松下君は」

マヤは意外に厳しい眼差しで、人気《ひとけ》のない灰色の海を見ていた。

「自分の言葉で喋れない松下君がクラスの中心にいるなんて、私には信じられない」

海風になびく髪をおさえながら、マヤがくるりと振り返る。

「だから、松下君は、ずっと辻本君のことが怖かったんだと思うよ」

穣はぽかんと口をあけた。

あいつが、俺を怖かった――？

そんなこと、今の今まで、考えたこともなかった。

「だって、本当のリーダーになれるのは、一番弱い人のことまでちゃんと考えられる人だもの」

マヤは、今までにないほど熱い眼差しで穣を見た。

「覚えてる？　実習のとき、私が模型を運べなくて四苦八苦していたら、辻本君が手助けしてくれたこと……」

もちろん、忘れるわけがない。

見かねて手を出した穣の顔を見るなり、マヤはその白い顔を、ぱあーっと耳まで赤く染めた。

まさしく恋におちる瞬間を、目撃したような一瞬だった。

「実はね」

マヤがスクールバッグをあけて、なにやらごそごそと探し出す。

「辻本君って、近くで見ると、うちのジョンに少し似てるの」

は――!?

いきなり空気の塊が落ちてきた。

見えない衝撃を受けつつ、穰はマヤが差しだしてきたパスケースに眼を落とす。

「ね？　少しだけ似てるでしょう」

パスケースに入れられた写真に写っているのは、なかなか精悍《せいかん》なシベリアンハスキー犬だった。

「私、あのとき、ジョンが助けにきてくれたような気がしちゃって……」

なるほど……。

そうだったのか。

複雑な思いが胸に去来したが、穰はできるだけ冷静な判断を試みようと努力した。

またひとつ、新たな事実が判明した。

要するにあれは――。恋におちた瞬間などではなかったわけだ。

「うん、まあ、なんというか……、光栄だよ」

かろうじて応えると、マヤはにっこり微笑んだ。

それからパスケースを見つめ、慈しむようにそれをそっと撫でる。

「この写真だけでも、残ってくれてよかったな……」

消え入りそうに小さな声で、マヤは寂しげに呟いた。

写真の上を行き来する細い指先を見るうちに、穣の中に、新たな思いが湧いてきた。

マヤにとって、ジョンは本当に、家族同然の存在だったのだろう。

「あのさ」

自転車を堤防に立てかけ、穣はマヤに声をかけた。

「ちゃんと悲しんでいいと思うよ」

マヤがハッとしたように穣を見る。

友人や家族を失った人に比べれば、ペットの犬を亡くしたことなど、どうということもない――。

そんなふうに言われてから、きっとマヤは黙って我慢してきたのだろう。

いつも教室で苦しそうにうつむいていたように、歯を食いしばって、ずっと耐え忍んできたのだろう。

「誰になにを言われようが、何年たとうが、林が悲しいなら、遠慮しないで悲しんでいいんだよ。自分の悲しみを、人と比べることなんてないんだよ」

マヤは黙って穣を見返していた。

やがて、分厚い眼鏡の奥の眼に、ぷくりと涙が盛り上がった。

「うっ」

小さく、喉が詰まったような声が出る。

風にあおられ、一羽の海鳥がふわりと堤防の上を飛んだ。

瞬間――。

「うわぁあああぁっ……！」

大きな声をあげて、マヤが顔を覆った。

マヤの持っていたスクールバッグがどさりと足元に落ちる。

消波ブロックwの積まれた入り江は、今日も水たまりのよう。

けれど、世界はちっとも狭くない。

この世は自分たちの手には到底負えないほど大きくて、深い悲しみと理不尽でできている。

顔を覆って泣き続けるマヤの肩を、穣は両手でそっと支えた。

# フラガールズ甲子園

八月第三土曜日。

ついに、フラガールズ甲子園当日がやってきた。

穣《ゆたか》たちは、顧問代理の花村に引率され、電車を乗り継いで福島で最大の面積と人口を誇る中核市にやってきた。

フラガールの故郷として知られる常磐地方は、海と山と温泉に恵まれ、観光地としても人気がある。中核市の駅から徒歩十五分ほどで到着する大会会場は、広大な緑の庭を持つ、立派な芸術文化交流会館だった。

集合時間の九時には、北は秋田から南は鹿児島まで、全国二十五校のフラダンスチームが集合した。

大ホールの正面入り口で、穣は思わず立ち尽くした。

競技が行なわれる大ホールは、三層バルコニー式。今回開放される一階席と二階席だけでも、千を超える席数がある。

「これって、いっぱいになったりするわけ？」

今回が二回目の出場になるマヤと基子を振り返れば、二人はほぼ同時に頷いた。こんなに大きな大会だったとは。

それにしても——。

さすがは、フラガールズ甲子園。

まだ全員が制服やジャージ姿だが、見渡す限り、女子ばかり。これは相当場違《アウェイ》いな場所にきてしまったのではなかろうか。背後の健一と大河は、完全に固まっている。

そのとき、ふいに肩を叩かれた。

振り返ると、見知らぬ男子が立っていた。

「よかった。男子、俺だけかと思った」

穣の顔を見るなり、男子は肩で息をついた。

「都立弓《ゆみ》が丘《おか》工業の、赤川《あかがわ》です」

東京からきた工業高校の生徒だった。その顔に、心からの安堵の色が浮かんでいる。

「実は俺んところ、先輩が引退しちゃって、今、チームで男ひとりなんですよ。会場でも男子が誰もいなかったら、どうしようかと思った」

それは心細かったに違いない。

「福島県立阿田工業の辻本です」

偶然にも同じく工業高校ということもあり、穣はがっちりと赤川の手を取った。

「それにしても、すごいな。男子が三人もいるんだ」

「いや、もうひとりいるんだけど……」

会場を見回すと、宙彦《おきひこ》が東北地区からきたチームの女子たちに遠巻きにされて、にこやかに手を振っている。

「あそこにいるバカもメンバーです」

「すごいなぁ。四人なら、オテアのフォーメーションとか、いくらでも組めるよね。うらやましいなぁ」

赤川は心底うらやましそうな顔をした。もちろんそれを見越して、会長が四人の男子を集めたわけだ。

「しかも、彼、凄いイケメンだし」

「見かけだけですよ」

やがて主催者から声がかかり、開会式のリハーサルが始まった。

フラガールズ甲子園は、基本、高校生によって運営される。司会進行や場内アナウンスも、会場で配布される「フラガールズ・タイムス」の編集も、写真撮影も、地元福島県の高校生がスタッフを務める。

一眼レフを構えた高等専門学校の写真部の生徒たちが、早速リハーサル風景をカメラに収め始めた。

赤川と別れ、穣たちも指定された位置につく。

第一日目の今日は、フラの部。穣たち、アーヌエヌエ・オハナの出番は前半の三組目。

十三時半頃、舞台に立つ予定だ。

演舞自体は五分にも満たない。実際に始まってしまえばあっという間だ。

その間に、本当にこの〝作戦〟は成功するのか。

穣は開会式の選手宣誓のリハーサルをしている女子を眺めた。抽選会で選出された地元福島の県立高校の女子が、はつらつとした声で宣誓をしている。

あらためて周囲を見回し、穣は嘆息した。

こんなに大勢の女子に囲まれたのは初めてだ。

やはりどうしても、どこかで居心地の悪さを感じてしまう。

少しだけ、男子だらけの工業高校に通う女子の気持ちが分かった気がした。

開会式のリハーサル終了後、穣たちはすぐに控え室に移動し、あわただしく着替えを始めた。

「さ、今のうちに軽く食べちゃって」

マヤと基子が、全員に小さなおにぎりを配り出す。

開会式の後、すぐ競技に入る前半グループの穣たちは、今を逃すと昼を食べている時間がない。男子は白いパンツにアロハシャツを合わせるだけで基本は終了だが、女子は着替えの後、念入りなヘアメイクをしなければならない。

「男子はこっちで、がっつりいってくださいよ」

自慢の肉巻きおにぎりを差し出す浜子の顔は、いつもとはすっかり別人だった。瞬《まばた》きするたびに音が出そうな付け睫毛をつけ、アイラインをがっちり引いている。

普段、あらゆる意味でインパクトの強すぎる浜子だが、舞台用の派手なメイクをすると、それが意外なほどしっくりきていた。

「薄葉、特にお前はちゃんと食うんだぞ」

健一の肩を叩き、浜子は女子の中に戻っていった。

マヤと基子は、一年女子たちが髪をアップにするのを手伝ってやっている。前髪とサイドをしっかりまとめ、踊っている最中に髪が乱れないようにする。初めて大舞台に立つ四人の一年生たちは、そろって不安そうな眼差しをしていた。

今回のアーヌエヌエ・オハナのイメージ・カラーは青だ。

課題曲「月の夜は」の歌詞のイメージに合わせ、穣たち男子は藍色のアロハシャツを、マヤたち女子は、レモンイエローのタンクトップに、薄い水色から濃い紺色へとグラデーションの入ったダブルパウをまとう。

ギャザーのたっぷり入ったパウスカートはシングルでも充分華やかだが、裾を二重にしたダブルパウには、足さばきを一層華麗に見せる効果がある。ただし、重さも二倍近くになるので、それだけステップを踏む力が必要となる。

フラダンスの華麗で優雅な動きは、その実、地道なステップ練習で鍛えられた筋肉によって支えられている。

「SO PRETTY!」

仕上がってきた一年女子たちの姿を見るなり、宙彦が大仰な声をあげた。

「素晴らしいね、ご婦人方。あまりに眩《まぶ》しくて、眼をあけていられないよ」

歯の浮きそうな台詞に、穣はもう少しで口の中の肉巻きおにぎりを噴きそうになった。

「ねえ、穣、そう思わないかい?」

「お前、よくそういうこと、堂々と口にできるね」

朝井ショックでしばらく消えかけていた王子オーラは、すでに不必要なほどに復活しているようだった。

もっとも宙彦のこのひと言で、髪を整えてもらった一年女子たちは、そろって嬉しそうに頬を染めた。そして手を取り合い、なぜかきゃっきゃと笑いながら、こちらを見ている。

妙な笑い方は多少気になったが、彼女たちの緊張がほぐれたのなら、よしとするべきだろう。

健一は部屋の隅で、浜子の差し入れを大事そうに食べている。

とっくに食べ終えている大河は、その隣で、羊羹を丸かじりしていた。

いつものメンバーの、いつもの態度だ。

ただひとりの不在を除いては――。

「おい、お前ら、用意できたかー、時間だぞー」

そこへ、首から「引率」というカードを提げた花村がやってきた。

「はい！」

「うーす」

基子と穣の声が重なる。

許せ、花村。

穣は心で、花村のもっさりした背中に詫びた。

今回の〝作戦〟のことを知らないのは、この中で花村だけだ。これから自分たちがやろうとしていることで、もしかしたら花村は主催者から責任を問われるかもしれない。

でもまあ、それくらいのことを対処できなくて、〝大人〟とはいえないはずだ。

成人よ、責任を抱け。

ま、後のことは、俺らがなんとかするからさ――。

花村に続き、穣たちは、控え室を後にした。

広い舞台袖から、穣たちは前の組が踊る見事なダンスを見ていた。

流れるようなフォーメーションを披露しているのは、東京からやってきた三十名を超える大編成のチームだ。彼女たちが選んだ課題曲は、「マイ・スイート・ピカケ・レイ」。課題曲の中でも、一番しっとりとした大人のムードが溢れる曲だ。

曲の雰囲気に合わせ、全員がホロムウと呼ばれる、ロングドレスを着ている。光沢のあるローズピンクのドレスが、女性的なフラ・アウアナの仕草を引き立てていた。

ライトに照らし出された舞台の向こうに、暗い客席が広がっている。前列には記録係や取材陣のハンディカメラがずらりと並び、その奥に、大勢の観客たちの頭が見える。

毎年、この大会を楽しみにやってくる、常連たちも多いのだそうだ。

やがて、波のように滑らかに舞台の上を移動していた彼女たちが一列に並び、フィナーレのポーズを決めた。

スチールギターの余韻が消え、客席から盛大な拍手が沸き起こる。

拍手の中、優雅なお辞儀や投げキスをしながら、東京のチームが下手《しもて》へとはけていく。

舞台が完全に暗転した。

〝次は――、福島県立阿田工業高等学校のみなさんです。課題曲、「月の夜は」〟

放送部の女子高生による、柔らかなアナウンスが響いた。

暗転していた舞台がライトに照らされる。

「いくよ」

基子の囁きに、全員がしっかりと頷いた。

まず、バックを務める、四人の一年生が舞台を踏んだ。爪先をすっと伸ばし、前を真っ直ぐ見つめ、背筋を伸ばし、しっかりと優雅に歩いていく。

そして、浜子を含めた、穣たち二年生も後に続いた。

前列に立った男女がペアのフォーメーションを取る。

下手の浜子は健一と、上手《かみて》の基子は大河と、隣の宙彦はマヤと向かい合い、そして穣だけは、たったひとりで中央に立った。

「月の夜は」の明るい前奏が響き始める。

全員満面の笑みを浮かべ、リズムに合わせて腰を左右に振った。

〽月の夜は　浜に出て　みんなで踊ろう　ヤシの葉かげ
甘い歌声が流れ、穣たちは踊りだした。

宙彦たちはペアを組み、穣だけはひとりきりで。

会場はしんと静まり返っている。

向かい合って踊る宙彦たちの横で、穣だけが客席のほうに向かってひとりでステップを踏んだ。

多分、少しおかしいと思っているのは、前列に座っている審査員くらいだろう。

フラをあまり知らない人たちが見れば、始めからこういうフォーメーションなのだと思うかもしれない。

だが、この舞台を見て、猛烈な違和感を覚える人物が、この世にたったひとりいるはずだ。

そう。

散々頭を悩ませながら、この男女ペアのフォーメーションを、考え出した本人だ。

暗い客席を眺め、穣は手を差し出す。

もし、どこかでこの舞台を見ているなら、出てこい、弱虫。

競技会には申し訳ないが、俺たちが今、ここで踊っているのは優勝を目指すためではない。

天岩戸《あまのいわと》に隠れた太陽を、取り戻すためだ。

そのために、俺たちは全力で踊る。

〽手を腰に　ウクレレに　合わせて踊ろう　フラの踊り
健一が課題曲の中からこの曲を推したのは、まさに運命としか思えない。

なぜなら「月の夜は」は、踊り仲間を誘いだすための歌だからだ。

〽綺麗なレイをあげましょう　踊り仲間のあなたに
穣は客席に向かって、大きく手を差し伸べる。

〽花の冠あげましょう　踊り上手なあなたに
前列で踊る全員が、指を立てて客席を指さした。

もしこの場に、その人物がきていないのなら、すべては徒労だ。

だが、穣たちは賭《か》けていた。

〽踊り手が揃《そろ》ったら……

一列になり全員で腕を組み、力強いステップを踏みながら、穣は全身で訴える。

さあ、出てこい、澤田詩織！

男女ペアのフォーメーションを組んだのは、他でもない、会長のお前だろう。

このまま俺に、パートナーのいないコンバインを踊らせるつもりかよ——。

マヤのところへきた詩織からのメールを、穣も読んだ。

木原唯教諭のマンションを訪ね、過去の話を聞いたと伝えたマヤに、詩織はこう告げていた。

自分は結局、己のことしか考えていない母親と同じだと。

男子の加入を決めたときも、スポンサーを取ったときも、仮設訪問を決めたときも、得意になって誰の意見も聞こうとしなかった。

そういう自分の態度が、誰かを傷つけていたことに、少しも気づこうとしなかった。

そんな自分に、誰かを笑顔にするフラを踊る資格はない。

なにより、自分自身が笑顔でフラを踊れる自信がない。

だから、ごめん。フラガールズ甲子園には、参加できない――。

目蓋の裏でうつむく詩織の姿に、穣は手を伸べる。

確かにね。

お前は、唯我独尊で、上から目線で、高飛車で、空気なんて全然読もうとしない、身勝手な女だよ。

でも別に、誰かを傷つけたかったわけじゃないだろ。

自分が大きな声を持ったために、わざと誰かを貶《おとし》めたり、罵ったりしたわけじゃないだろう?

自分の優位性を保つために他の誰かを傷つけても、ちっとも気にしない連中だって、この世にはたくさんいるんだ。

そんな奴らに比べたら、こんなふうにヘロヘロに傷ついてしまうお前は、呆れるほど弱虫だけど、呆れるほど誠実で優しいよ。

それに、こんなふうになったのは、なにもお前だけのせいじゃない。

俺たちは、もっと話すべきだったんだ。

つらい気持ちも、悲しい気持ちも、変わってしまった町のことも、どうにもできない自分自身の苛だちも、もっと率直に言葉にするべきだった。

妙に気を遣って、口をつぐんでいたのは、気遣いじゃなくて怠慢だ。

だって、どんなに頑張ったって、他の人の気持ちはやっぱり分からない。

悔しいけれど、俺たちはそれほど万能じゃない。

なにも話さないのに、分かってもらおうとするのも、ただの甘えだ。

そりゃあ、話をするのは疲れるし、嫌な思いだってするだろうし、ときには諍いにもなるだろう。

でもそれを乗り越えるのが、家族みたいな仲間《オハナ》ってもんじゃないのかな。

俺自身、ずっと、閉塞感を覚えていた。

でもそこで腐りそうだった俺を、ここまで引っ張ってきてくれたのは、他でもないお前だよ。

だから、今度は、俺が、俺たちが、お前を引っ張り出すんだ。

さあ。

頼むから、出てこい、詩織！

〽さあさあ踊ろう　今宵ひと夜……

一巡が終わり、間奏に入った。

左右に腰を揺すりながら、穣は待った。

だが観客席に動きはない。

ひょっとして——。

穣の心にかすかな動揺が走る。

やっぱりきていないのか。詩織がこっそり自分たちを見にくると思ったのは、勝手な願望にすぎなかったのか。会場に向けて差し出した手の先に、なにかが動く気配はない。

動揺が落胆に変わろうとしていたそのとき。

隣で宙彦と踊っていたマヤが、ふいに振りをやめた。コンタクトレンズを入れた眼を大きく見開き、上手の舞台袖を見つめている。

マヤの視線を追って上手に眼をやり、穣も一瞬、棒立ちになる。

舞台袖から、花村と一緒に詩織が顔をのぞかせていた。

舞台に近づこうとしていた詩織に気づき、花村が誘導したらしい。

グッジョブ、花村先生！

思わず穣は、花村に向かって親指を立てる。

もう、オッサンとか言わないし、ホームルームの長い話も、これからは絶対最後までちゃんと聞く！

マヤが持ち場を離れ、詩織を迎えに駆け出した。

マヤに手を引かれ、Tシャツに紺色のスカートという私服姿の詩織が、舞台に出てきたとき、さすがに観客席からはざわめきが起こった。

詩織もどうしてよいか分からない様子で、茫然と穣を見る。

〽月の夜は　浜に出て

歌が二巡目に入った。

穣は詩織の向かいで踊り始める。

〽みんなで踊ろう　ヤシの葉かげ

全員が、詩織を招くようにステップを踏んだ。

〽手を腰に　ウクレレに　合わせて踊ろう　フラの踊り

それでも詩織は動けない。

〽綺麗なレイをあげましょう　踊り仲間のあなたに

優雅に踊りながら近づいてきた基子が、自分のレイをふわりと詩織の首にかけた。

詩織がハッと眼を見張る。

それは、今日のために、木原唯と女子たち全員が一緒に作った、緑のシダと赤いレフアを編みこんだレイだった。

〽花の冠あげましょう　踊り上手なあなたに

今度はマヤが、自分がかぶっていたプルメリアの花冠を、詩織の頭の上に載せる。

ついに詩織の大きな瞳に、輝きが戻った。

その唇に、誰をも魅了する艶やかな笑みが浮かぶ。

詩織は穣の向かいに立つと、誰よりも見事なステップを踏み始めた。

軽やかな蝶々の精が甦り、見えない鱗粉が、きらきらと舞台の上を満たしていく。

ざわついていた観客席が、再び水を打ったように静かになった。

〽踊り手が　揃ったら……

指の先まで思いをこめて、詩織が優雅に腕を差し出す。

穣もそれに合わせて、腕を大きく開いてステップを返した。

〽さあさあ踊ろう　今宵ひと夜
スカートを跳ね上げ、右へ左へと力強くステップを踏む。

詩織を中心に全員が腕を組み、ぴったりそろって足をさばいた。一年の女子も、健一も、大河も、誰ひとり遅れることなく、最後まで角度をそろえてステップを踏み続ける。

〽さあさあ踊ろう　今宵ひと夜……

そして最後は、十二人全員で、扇のように左右に広がってフィナーレを迎えた。

一瞬の沈黙の後。パラパラと拍手が起きた。

まだ少し戸惑いは残っていたが、拍手は徐々に大きくなっていった。

全員で深々と頭を下げ、下手へとさがる。

舞台裏に入った途端、詩織がくるりと振り返った。

「信じられない！　なんで、こんな無茶したの？　フラガールズ甲子園は、れっきとした競技大会なんだよ！」

食ってかかってくる詩織を、穣は「へいへい」と受け流す。

「へいへいじゃないよ！　これじゃ、私たち、完全に失格だし、なにより、見にきてくれてるお客さんに対して失礼だよ！」

「だったら、明日のタヒチアンには、遅刻してくんじゃねえよ」

穣が言い返すと、詩織はぐっと言葉に詰まった。

「辻本君の言う通りね」

基子が後ろから、詩織の肩を叩く。

「明日はもっと早くきてもらわないと、副会長の私としても困るんだけど」

「アンゼ……」

詩織が声を震わせた。

「みんな、ごめん……」

「いいから」

言いかけた詩織を、基子が首を振って遮った。

基子の隣にマヤが立つ。

「お帰り、シオリン」

二人は声をそろえてそう言った。

「待ってたよ、詩織君」

「お帰りなさい会長」

「シオリン先輩、お帰りっすー」

宙彦が、一年生たちが次々と声をあげる。

やがて詩織の肩が小さく震え出した。

涙をこぼしながら、詩織は小さいけれど、しっかりとした声で答えた。

「……ただいま」

真っ暗な舞台に、足を進める。

素足に、舞台の冷たい感触がじかに伝わる。

穣は宙彦と共に舞台の中央で片膝をつき、膝の前に握り拳をついた。

下手で健一が、上手で大河が同じポーズをとる。

カッ！

トエレの最初の響きと同時に、ぱっと舞台がライトで照らされた。

「ヤァッ！」

ひと声叫び、穣たちは膝をついていた足を後ろに大きく蹴り上げ、鳥のように両腕を広げて跳び上がった。

テンテンテン　テンテンテ　テンテ……

トエレの軽快なリズムに合わせ、穣たちは両腕を広げ、体を前傾させたまま、膝を激しく開閉する。

二の腕と膝下と腰につけた緑のモレがわさわさと揺れて、舞台の上に見えないジャングルが出現した。

トンッ　カッカッカッカッカ　トンッ　カッカッカッカッカ

リズムの転調に合わせ、中央の穣と宙彦が向かい合い、功夫《カンフー》のように拳を交え合う。

その後ろで、大河と健一はパオティをしながら、舞台を右へ左へと移動する。

「イヤァッ！」

再び気合を入れ、片足になって舞台を蹴った。けんけんと跳ねながら、前へ後ろへ斜めへとダイナミックに互いの位置を入れ替える。

それから再び宙彦と共に前に出て、バレエのように片足をあげたまま回転する。

一回転、二回転、三回転……。

いつしか汗が噴き出し、呼吸が荒くなってきた。

だが、激しいトエレのリズムに引っ張られるように体が動く。

健一も大河も、真っ直ぐに前を見据え、汗を振り飛ばしながら、高速で膝を開閉させている。

「キィイイイェエエアアアアーッ!」

甲高いかけ声と共に、真っ赤なハンドタッセルを振りながら、鮮やかな深紅の腰蓑《モレ》をまとったマヤたちが、流れるように舞台に滑りこんできた。

穣たちが作っていた緑のジャングルに、突如、南国の鮮やかな鳥たちが飛来する。

ひときわ見事なステップを踏みながら最後に現れた詩織は、ひとり、真夏の太陽のような金色のモレを身につけていた。

テンテンテン　テンテンテンテ　テンテ……

トエレの軽快なリズムに合わせ、腰だけがまるで別の生き物のように躍動している。

どんなに激しく腰が動いても、上半身は水に浮かんでいるかのごとく静止してぶれることがない。

まるで、上半身と下半身が、別々の意思を持っているようだ。

詩織を中心に、女子たちはぴったりと息を合わせてハンドタッセルをくるくると回転させた。

緑のジャングルを、鮮やかな極楽鳥と、黄金の蝶々がきらきらと飛び交う。

「キィイァアアーッ！」

やがて浜子の気合の入ったかけ声がかかり、一列で踊っていた女子が前列と後列に分かれ始めた。

穣たちは背後で中腰になり、後列の一年生たちを迎える準備をする。

いよいよリフトだ。

両腕を前に伸ばし、体を前傾させ、太腿を台にする。背後からよじ登ってきた一年生たちが腿の上に乗った途端、脚の付け根がぎりっと痛んだ。

ただでさえきつい中腰に、もうひとり分の重力がかかるのだ。つらくないわけがない。だがここは、歯を食いしばって、笑みを浮かべる。

「キィイアアーッ」

健一の頭上で浜子が甲高い声をあげながら、腰をくねらせた。視線を走らせれば、健一は額から汗を噴き出しながらも、必死に耐えていた。引きつってはいるが、ちゃんと笑みまで浮かべている。

だが、実はラストの肩車のリフトを、健一は未だに一度も成功させていない。

昨夜《ゆうべ》も遅くまで練習したが、結局まともに立ち上がることができなかった。

ラストのフォーメーションを変えたほうがいいのではと提案した詩織に、最後まで首を縦に振ろうとしなかったのは、他ならぬ健一だ。

本当に大丈夫なのだろうか。

フロントで見事なステップを踏んでいる詩織たちを眺めながら、穣はふと不安になった。

だが、すぐに大丈夫だろうと考え直す。

舞台に出る直前、大河が鷹揚な笑みを浮かべながら囁いた。

〝健ちゃん、今日、ラストのリフトが成功したら、真壁に告白するそうっす〟

聞いた瞬間は、いろんな意味でハードルが高すぎるのではないかと思ったが、よくよく考えてみると、なんだか納得できてしまう。

健一のように、なんでも必要以上に重く考えてしまうタイプには、浜子のように豪快な、すべてを笑い飛ばせるタイプが合っているのかも分からない。

きっと――。

うまくいくに違いない。

カッ！

次の転調と共に、センターの詩織が両膝をついた。

周囲のマヤたちが背後にさがるのを待ち、詩織が膝をついたままで舞台の中央に寝そべる。

カッ　カッ　カッ　カッ　カッ　カッ

トエレのリズムに合わせ、背骨をひとつずつ丁寧に積み上げるように、ゆっくりと胸を持ち上げる。

蛹《さなぎ》から抜け出る蝶のように美しいポーズだ。

客席が水を打ったようにしんとなった。

優雅だが、体の柔らかさだけでなく、強い背筋と腹筋が試される難しい動きだ。しなやかな筋肉で上半身を持ち上げ、最後に顔が上がってきたとき、客席からため息がもれた。

「キィイイイェエエアアアアーッ」

マヤのかけ声を合図に、一気に舞台が静から動へと切り替わる。

一年生たちが穣たちの上から飛び降りてフロントと合流し、男女入り乱れ、大きな波となってステップを踏む。

再び女子が前後に分かれ始め――。

ついに、ラストの大技だ。

激しくステップを踏む詩織たちの背後に隠れ、穣たちは一年生を肩車する。

そして――。

ひと息に持ち上げる！

「イヤァッ！」

全員で叫び、肩車された女子たちが深紅のハンドタッセルを高々と天井に突き上げた。

一瞬の静けさの後。

割れんばかりの拍手が、客席から沸き起こった。

穣は、浜子を肩に乗せて堂々と立っている健一の姿を見やる。

やったぜ薄葉、愛の勝利だ。

〝福島県立阿田工業高等学校のみなさんでした――〟

アナウンスに送られ、一年生を肩に乗せたまま穣たちは退場を始めた。

詩織が客席に向かって手を振ると、再び大きな拍手が沸き起こった。

しかし。

舞台袖に入った途端、健一がぐしゃりとつぶれた。

「いってぇえな、コンチクショウ！　最後まで気を抜くなっつってんだろが、このモヤシ！」

浜子の大絶叫が響き渡った。

多分、観客席にまで。

# エピローグ

閉会式が終わり、表に出たときには、すでに日が陰り始めていた。

穣《ゆたか》は宙彦《おきひこ》と一緒に芸術会館の広大な庭に出て、詩織たちの着替えが終わるのを待っていた。

周囲には、まだ興奮冷めやらない観客たちが大勢残っている。家族連れや、出演チームの友人と思われる生徒たちは、パンフレットを見たり、屋台の軽食を食べたりしながら、楽し気に話しこんでいた。

木陰のベンチに座り、穣は大きく伸びをする。

フラ部門、タヒチアン部門と二日間にわたって行なわれたフラガールズ甲子園が終了した。

残念ながら、今回、穣たちは選外だった。

最優秀賞に輝いたのは、穣たちのひとつ前の組で、左右対称の見事なフォーメーションを披露していた、東京からきた大編成のチームだった。

自分たちの選外に関しては、至極当然の結果だと思う。

初日のフラ部門であれだけイレギュラーなことをしながら、失格にならずに、翌日のタヒチアン部門に出場できただけでも御《おん》の字だ。

フラガールズ甲子園は、懐の深い大会だった。

「辻本君！」

声をかけられて顔を上げれば、弓が丘工業の赤川が近づいてくる。

「おお、特別賞、おめでとう」

「そちらのオテアも素晴らしかった。やっぱり男子が四人もいると、迫力が違うね」

チーム中男子ひとりの赤川は、心底うらやましそうな顔をした。

だが今回、都立弓が丘工業高校は特別賞を受賞した。しかも、フラ部門でセンターを踊っていたのは赤川だ。

「男がひとりだと、どうしても、ああいうフォーメーションになっちゃうんだよ」

そう謙遜していたが、女子に囲まれ、ハーレム状態でセンターを務めていた赤川は、なかなか堂々としたものだった。

これから遠征組が泊まっている宿泊施設で、懇親会が行われることになっている。

穣たち、地元組のためにも、主催者がマイクロバスを用意してくれることになった。

「でも辻本君たちのおかげで、来年は、男子出場者が増えるんじゃないかな」

その言葉に、穣と宙彦は思わず顔を見合わせる。

そんなことは、正直考えたこともなかった。

「だって、本当に、かっこよかったし。少なくとも俺は、辻本君たちを目標に、後三人のフラ男子を集めたいと思ったね」

あらためて宙彦を紹介し、しばらく三人で話しこんでいると、弓が丘工業の乗るバスが駐車場に回ってきた。

「じゃあ、懇親会で！」

手を振りながら、赤川が駆けていく。

その後ろ姿を見送り、穣の心にも満足感のようなものが湧いた。

入賞こそできなかったけれど、自分たちが大会に出場した意味は、そこそこあったのかもしれない。

それに――。

オテアの舞台を降りた後、実は予期せぬ出来事が起きた。

吹き抜ける風を感じながら、穣はその思いもかけなかった〝再会〟を思い返す。

控室に向かう途中、パントリー前の通路で、花村と一緒に木原唯が待っていた。

唯の後ろにいる人物を見て、穣は一瞬、言葉を失った。

詩織も、健一も、大河も、宙彦も、茫然と立ち尽くした。

そこには、眼鏡をかけた健一の父親と、あの仮設の老人がいたのだ。

踊り終わったばかりで、まだかすかに息を切らしている詩織の前に、老人がすっと歩み寄った。そして、無言で大きな花束を差し出した。

見事な酔芙蓉《すいふよう》だった。

元は農家だったという老人は、今でも仮設の小さな庭で花を作っているらしい。今日はその中でも一番綺麗に咲いたものを持参してきてくれたのだそうだ。

酔芙蓉は朝開いたときには純白で、夕刻になると徐々に薄紅色になるという、神秘的な花だ。

詩織は震える手で花束を受け取った。

幾重にも重なった真っ白な花弁の上に、ぽたぽたと涙の雫《しずく》が散った。

詩織は花束に顔を埋め、肩を震わせて咽《むせ》び泣いた。

その背中に、老人は分厚い掌をそっと添えていた。

マヤも基子も唯も、健一も泣いていた。

かたわらに立った健一の父は、静かにその様子を見つめていた。

フラダンスなんかでなにも変わらない。現実的にはその通りだと思う。

でも、もしかしたら――。

自分たちの精いっぱいの踊りは、ほんの少しだけ、なにかを動かしたのかもしれなかった。あのときの老人の穏やかな眼差しを思い出すと、穣は今も胸が仄かに熱くなる。

ふいに、周囲から歓声があがり、穣は我に返った。

見ればかたわらの宙彦が、またしても東北チームの女子たち相手に愛嬌を振りまいている。着替えを終えて出てきた東北の女子たちは、携帯やスマートフォンを向けながら、宙彦に向かって盛んに手を振っていた。

朝井ショックであれだけ落ちこんでいたくせに、本当に懲りない奴だ。

「お前ねぇ、そんなことやってて、また面倒なことになっても知らねえぞ」

「うん、だからさ」

宙彦がこちらを見る。

「もうあんなことにならないように、一年の女子たちには、あらかじめちゃんと伝えたんだ」

「なにを?」

「僕はフラ愛好会のみんなのことが好きだけど、とりわけ一番好きなのは、穣だってね」

「やっぱ、バカだろう、お前!」

どうも最近、四人の一年女子たちが、自分と宙彦を妙な眼で眺めている気がしたわけだ。

自分たちを見るたび、ウハウハキャッキャしていたあの一年たちは、所謂、〝腐女《ふじょ》子《し》〟とかいうやつか。

本気で頭が痛くなってくる。

「辻本せんぱーい」

そこへ、一番初めに着替え終えたらしい浜子が駆けてきた。

麦わら帽子をかぶった浜子は、水色の薄手のパーカーを羽織っている。そうしていると、日に焼けた浜子は割合と普通の女子に見えた。

「真壁、他の一年は？」

「薄葉と夏目は、薄葉の父ちゃんと仮設のじいちゃんと一緒に、屋台でなんか食ってますよ。女子は唯先生やシオリン先輩たちと喋ってますけど、もうすぐこっちにくると思うっすー」

「そうか」

宙彦が東北の女子たちに頼まれて一緒に写真を撮り出したので、穣は浜子と一緒にその場を離れた。

「……で、お前、薄葉のことどうすんの？」

「ま、とりあえず、ＯＫしたっすよ」

歩きながら声をかけると、浜子はあっさり頷く。

「なんか、あいつ、いろいろ重いっすけど、重いってことは、本物だってことっすから。インチキじゃないってことっす」

「そうか」

「そっすよ」

「やっぱり、真壁って、なんか豪快だな」

「どうすかねー。でも、元は漁師の娘っすからねー」

浜子は飄々と答えるが、〝元は〟という言葉にかすかな苦みがあった。

「あれ、もしかして惚れました？」

穣が黙っていると、浜子が薄い片眉を上げる。

「辻本先輩なら、大歓迎っすよ。自分、七股くらいまでなら余裕でいけるんで」

「あのなぁ」

「冗談っすよー」

へらへら笑ってから、浜子は急に真面目な顔になった。

「辻本先輩こそどうするんすか」

「どうするって？」

穣は本当になにを聞かれているのか分からなかった。

「またまた～」

浜子が豪快に笑いながら、穣の肘をつつく。

「一体、どっちを選ぶんすか」

その瞬間、マヤと、なぜか詩織の顔が浮かんだ。

「マヤヤ先輩と、宙彦先輩っすよー」

「……おい」

「いやあ、自分、さすがに男女両方ってわけにはいかないっすよ。さすがっすね、辻本先輩」

「ちょっと待て」

「あ、シオリン先輩たち、きたみたいっすよ」

背後から賑やかな声がする。

「それじゃあ、ハマーもいきます、YO！」

浜子は即座に向きを変え、さっさとそっちに歩き始めた。

「待て、真壁。俺の話を聞け――」

穣は誤解を解こうとしたが、浜子は「YO！　YO！」とリズムを取りながら、どんどん遠ざかっていく。

おーい、浜子……。

結局、穣は力なく肩を落とした。

老人からもらった花束を大事そうに抱えた詩織が、マヤや基子たちに囲まれながら、正面玄関から出てくる。

「辻本、柚月君は？　もうバスくるみたいだよ」

穣を見るなり、詩織が大きく手を振った。

夕刻が近づき、昼間は白かった酔芙蓉が薄紅色に染まり始めている。詩織は嬉しそうに、その大きな花束を何度も胸に抱え直していた。

「分かった、今いくよ」

穣も腕を振り返す。

「おい。お前ら、乗り遅れるなよー」

唯と一緒にやってきた花村も、どら声を張り上げた。その後ろに、健一と大河の姿も見えた。

「ほら柚月、おいてくぞ」

愛嬌を振りまくのに忙しい宙彦に声をかけ、穣は芝生を蹴る。

「待ってよ、穣、冷たいな」

「うっせぇ」

いつもの軽口を叩き合いながら、宙彦と共に駆け出した。

夕刻の涼しい風が、顔を撫でる。

暮れかけた夏の空は、大きく広い。

自分の足元ばかり見つめて歩いていたときには、気づかなかった。

どこにも出口のないように思えた狭い世界の上に、こんなに大きな空が広がっていたことに。

けれど、空の美しさも風の優しさも、個人の気持ちとは関係なくそこにある。

確かなものがどこにもないのは今も同じ。

変わってしまったものも、戻れないものも多いけれど、それでもやっぱり、ここが自分たちの生きている現実なのだ。

だから、いこう。

悲しみも、苦しみも抱えたままで。

それぞれが流した涙の種が、いつか大きな未来への道標《みちしるべ》になるように。

そして、いつも心に咲かせよう。

ふぞろいで、ばらばらで、身勝手だけれど。

たとえ何度萎《しお》れても、決して枯れない虹色のオハナ。

謝辞

本作の準備にあたり、フラガールズ甲子園の関係者の皆様を始め、指導の先生方、フラボーイの皆さんから、たくさんの楽しくて貴重なお話を伺いました。

この場をお借りして、心より御礼を申し上げます。

尚、フラガールズ甲子園は実在の大会ですが、この物語はフィクションです。登場人物に、特定のモデルはおりません。事実との相違点については、すべて筆者に責任があります。

# 【解説】しんどいときこそ、笑顔

山崎静代（南海キャンディーズ）

ひと言でいってしまえば、高校生の素人男子四人が、女子生徒たちと一緒にフラダンスに励む青春小説。でも、ただの青春の話じゃない。舞台は東日本大震災から五年後の福島。いろいろな人たちの、さまざまな思いが描かれている。だからこそ、大人の心にも刺さるのです。

「フラダンス」「福島」といえば、私とも縁深いものがあります。女優として本格的にデビューさせていただいた映画『フラガール』（二〇〇六年公開）。福島県の常磐炭鉱の閉鎖危機に伴い、町おこしのために作られた常磐ハワイアンセンターの成功のため、炭鉱の娘たちがフラダンスチームを結成、一丸となって頑張る実話をもとにした物語です。私もフラガールの一人を演じました。当然フラダンスを踊るわけですが、正直なめていたというか、そんなに難しいものだと思っていませんでした。ところがレッスンに入ると一変。フラとタヒチアンがあるのですが、フラは動きとしてはゆっくりだけど指先の柔らかさを出すのが難しい。タヒチアンは体力、筋力が必要な激しいダンスで、まずは腰を回す練習をひたすら行いました。うまく回せた瞬間には、初めて自転車に乗れたときのような喜びが！　このコツをつかむまでがとにかく大変でした。

厳しいレッスンは撮影に入る二か月前から始まり、撮影自体も二か月間くらい。でも私はその時期ちょうどテレビの仕事などが忙しくなってしまい、練習時間があまり取れない状態に。不安も大きく、肉体的にも精神的にもとてもつらかった。ほかのフラガールたちより確実に劣っていたと思います。みんなも泊まり込みのレッスンで体はボロボロ。クライマックスのダンスシーンは、休憩を挟んでマッサージを施さないと踊れないほどでした。誰もが必死で、最後のOKが出たときにはもう……。ただ私は、ちゃんと踊りきれるかという不安でいっぱいいっぱいだったので、それほど浸りきれない部分もありました。でも、何もないところからステージを作り上げたという点では、本家本元フラガールたちと同じ状況です。素人の娘たちがある目的のために必死でフラに取り組む。そのリアルな気持ちは、表現できたような気がします。

「フラはステップも大事だけど、一番大事なのは笑顔」というセリフがこの小説の中にも出てきますが、フラはどんなにつらくても顔は笑顔が基本です。タヒチアンの踊りのときにみんなで輪になって回るところがあるのですが、体力的にはとてもキツい。でも、みんなが叫び声をあげながら、とびきりの笑顔で回っているのを目にすると、不思議なことに元気になれるんです。一人では踊りきれなかったと思います。仲間のおかげでやり遂げられました。

この『フラダン』でも〝仲間〟が描かれています。主人公の穣《ゆたか》は、フラなんて男がやるもんじゃないと初めは思っているのですが、女子たちの本気の踊りを見て変わります。本気の人を見て、本気の格好良さを知る。そういうところから相手への敬意も生まれてきます。でも高校生といえばまだ子どもの部分があってもいいのに、震災を経験したことで壁ができてしまったのか、彼らは相手の事情に踏み込めません。それまで気軽に聞けていたことも聞けず、自分の気持ちもちゃんと伝えられない。そのためすれ違いも起こってしまいます。伝えることの大切さ、難しさを痛感させられます。

原発事故を起こしてしまった電力会社の社員で、男子生徒の一人、健一の父親が責められているシーンは印象的でした。正直、事故を起こした側の家族のことを、これまで考えたことがありませんでした。『フラガール』以降ずっと福島と関わらせてもらっていますが、まだまだわかっていないことも多いなと感じます。仮設住宅を慰問で訪れ、「フラダンスを通して、みんなを元気にしたい」というフラ愛好会会長の詩織を前に、そこで暮らす老人は「フラダンスなんかが、なんになる!」と言い放ちます。何か自分にできることはないかと考え、よかれと思ってした行動が、誰かを傷つけてしまう——。どちらの気持ちもわかるだけに、切ないシーンです。そして、五年という月日がたっても出口が見えないもどかしさも感じます。

震災直後には、福島はもちろん、東北がどうなってしまうのか、誰もが心配し、何かできることはないかと考えたと思います。福島の人は皆さんとても温かくて優しいので、私は勝手に第二の故郷だと公言しているのですが、映画撮影中から何度も通い、親しくさせてもらっていたいわき市の居酒屋のママさんと連絡が取れず、無事だとわかるまで、とても怖い思いをしました。スパリゾートハワイアンズ（元・常磐ハワイアンセンター）は三月と翌月の地震の被害で、営業できない時期が続きました。再開のときには駆けつけましたが、何かもっとできることはなかったかと考えることもあります。また福島全体には風評被害もあって、なんともいえない思いを抱きました。自然災害はこれからも起こりうるものです。誰かを傷つけてしまうことがあるかもしれないけれど、じゃあ何もしないのが正解かというと、やはりそういうわけではない。自己満足といわれればどうしようもないし、私自身は被災の経験がないのでわかりきれていない部分もたくさんあるとは思いますが、やっぱり人と人とでいる限りは、誰かが困っていたら誰かが助ける、手を差し伸べるという世の中であってほしいし、私もそうでありたい。実際にできることは、ほんの小さなことかもしれませんが。

この小説は震災を背景に描いていますが、物語が重くなりすぎていないのは、随所に「笑い」が盛り込まれているからだと思います。笑いはとても大切なもの。誰でもつらいことや、悲しいことを抱えていたりするけれど、つい笑ってしまうその瞬間だけはいろいろなことが消えるというか、忘れられることがあると思います。笑顔もそうです。フラダンスに限らず、無理にでも笑顔を作っていたら、自然とそういうマインドになれる。もちろん自然に湧き出る笑顔がベストですが、笑顔は連鎖するので、しんどいときに無理に作った笑顔だとしても、人に与える影響は大きいと思うし、それがさらにいい方向に作用するのであれば、すごく素敵なことだと思います。『フラガール』から十数年がたっていますが、フラは私にとって切っても切れない大切なものです。趣味でフラダンスをやっているという人に会うと親近感がわきます。この小説の登場人物たちに対しても同じです。応援したくなります。

全員キャラが立っているところも楽しい。もしこの小説がアニメ化、もしくは映像化され、自分が誰かを演じられるとしたら、大河を演《や》りたい。いつも羊羹を食べていて一見呑気な感じだけれど、じつは優しい男子。ヤンキーのハマーこと浜子もいいキャラクターですね。それぞれが抱える現実は厳しいものもありますが、笑顔で、笑って乗り越えてほしい。いろいろな思いを抱きながらも、みんなでひとつのことに向かって頑張ることは本当に素晴らしい。仲間の絆《きずな》、青春ってやっぱりいいなと思います。

（やまさきしずよ／お笑い芸人、女優・談）

―― 本書のプロフィール ――

本書は、二〇一六年九月に小峰書店より刊行された同名作品に加筆・改稿し、文庫化したものです。

小学館文庫

# フラダン

著者　古内一絵《ふるうちかずえ》

二〇二〇年三月十一日　初版第一刷発行

発行人　飯田昌宏
発行所　株式会社 小学館
〒一〇一-八〇〇一
東京都千代田区一ツ橋二-三-一
電話　編集〇三-三二三〇-五八二七
　　　販売〇三-五二八一-三五五五
印刷所――大日本印刷株式会社



この文庫の詳しい内容はインターネットで24時間ご覧になれます。
小学館公式ホームページ　https://www.shogakukan.co.jp


ISBN978-4-09-406754-5